누구나 떨지 않고
똑 부러지게 말할 수 있다

누구나 떨지 않고
똑 부러지게 말할 수 있다

ⓒ 김지혜, 2025

초판 1쇄 발행 2025년 2월 12일

지은이   김지혜
펴낸이   이기봉
편집   좋은땅 편집팀
펴낸곳   도서출판 좋은땅
주소   서울특별시 마포구 양화로12길 26 지월드빌딩 (서교동 395-7)
전화   02)374-8616~7
팩스   02)374-8614
이메일   gworldbook@naver.com
홈페이지   www.g-world.co.kr

ISBN   979-11-388-3960-0 (03800)

나는 10년 차 스피치 강사다. 10년간 스피치 강의를 하며 다양한 이유로 수업에 참여한 수강생들을 만났다. 면접에 합격하고 싶어서, 발표를 잘 해내고 싶어서, 승진하기 위해서, 대회를 준비하기 위해서…. 수업에 참여한 이유는 여러 가지였지만, 그들 대부분은 '떨지 않고 똑 부러지게 말하고 싶다.'는 공통된 목적이 있었다.

중요한 스피치에서 긴장감 때문에, 원하는 결과를 이룰 수 없다면 얼마나 억울한가. 그런 상황이 반복될수록 스피치에 대한 두려움만 커질 것이다. 그러면 스피치는 피할 수만 있다면 피하고 싶은 일이 돼 버린다. 그러나 현대 사회에선 '스피치'에 대한 요구가 점점 더 커지고 있다. 우리가 원하는 목적을 이루기 위해 반드시 거쳐야 하는 하나의 관문처럼 되고 있다. 스피치가 경쟁력인 시대다. 그래서 우리는 스피치를 해야만 한다.

우리가 그동안 스피치를 어렵게 느낀 이유는 말하는 방

법을 제대로 알지 못해서다. 스피치를 배우고 익힌다면, 삶에 얼마나 큰 무기가 되는지를 알게 될 것이다.

발표 불안을 극복하기 위해, 스피치 수업에 참여한 20대 수강생 A 씨와의 첫 만남은 인상적이었다. 그녀는 타인의 가벼운 시선에도 긴장을 많이 했다. 첫 수업에 5분 정도 늦은 그녀는 조심스레 문을 열고 들어왔다. 그리고 고개를 숙인 채 맨 뒷자리로 향했다. 나는 강의실 앞쪽에 빈자리가 보여 A 씨에게 권했다. 그러자 그녀는 얼어붙은 표정으로 뒷자리에 앉겠다고 했다.

A 씨가 착석한 후, 모든 수강생이 돌아가면서 간단한 자기소개와 수업에 참여한 이유, 개선하고 싶은 점 등을 이야기했다. 그리고 그녀의 차례가 됐다. 다른 수강생들이 A 씨의 자기소개를 듣기 위해 고개를 돌려 그녀를 바라봤다. 그 순간 A 씨는 몹시 긴장하며, 못 하겠다고 작은 소리로 웅얼거렸다. 사람들의 시선에 위축된 그녀를 보

며, '타인의 시선을 이겨 내는 것부터 연습해야겠다.'고 생각했다. 그래서 A 씨에게 "다음 수업 시간에는 앞자리에 앉는 것부터 해 봐요."라고 제안했다.

두 달 동안 그녀는 결석하지 않고, 열심히 수업에 참여했다. 솔직히 처음에는 A 씨가 긴장을 너무 많이 해서 '잘 따라올 수 있을까'라는 걱정을 했다. 그러나 시간이 지나면서 확연히 달라지는 A 씨를 보며 누구보다 기쁘고 뿌듯했다. 그녀는 매주 조금씩 용기를 냈고, 훈련이 진행될수록 발전했다. 맨 앞자리에 앉아 수업을 들었고, 카메라에 시선을 고정한 채 말했으며, 나중에는 사람들 앞에서 준비한 내용을 끝까지 발표했다. 스피치 수업 마지막 날에는 본인의 발표 모습을 모니터링하며 직접 잘한 부분과 아쉬운 부분을 말하기도 했다. 그녀를 처음 만났을 때와 비교될 만큼 여유로움이 느껴졌던 순간이었다.

A 씨 덕분에 '발표 불안이 있더라도, 단계별로 조직적인

훈련을 반복하면 스피치는 는다!'라는 것을 다시 한번 깨달았다. 두려움을 이기고, 스피치 수업에 잘 따라와 준 A 씨가 참 고맙다.

발표에 대한 긴장감. 과연 '발표 불안'은 무엇일까? 불안하다는 것은 심리적으로 불편한 상태를 의미한다. 발표 불안 역시 발표를 생각하거나 발표할 때의 불편한 감정이라고 할 수 있다.

내가 만난 수강생 대부분은 발표를 시작하기 직전과 도입 부분에서 긴장감이 높은 편이었다. 앞사람의 발표를 귀로 들으면서 머리로는 연신 발표할 내용을 되새기던 수강생, 손에 땀이 나서 계속 손을 비비며 자신의 순서를 기다리던 수강생, 발표를 하려니까 갑자기 머리가 하얘졌다면서 "강사님, 잠깐 호흡 좀 할게요.", "원고 딱 한 번만 다시 보고 시작할게요."라고 말했던 수강생 등 보통 발표 직전과 도입부에서 긴장된 모습을 보였다. 목소리가 떨리거나 말이 빨라지고, 손과 다리의 후들거림 때문에 어쩔 줄 몰라 하며 당황해하기도 했다. 그리고 그런 자신의 모습을 인지하는 순간, 수강생들은 더욱 긴장했다.

나도 발표 긴장감 때문에 손과 다리가 떨리고 말이 빨라지는 경험을 했다. 강사 일을 시작한 지 얼마 되지 않았을 때다. 한 기업에서 강의를 두 시간 해야 했는데, 긴장을 하니 말이 빨라져서 삼십 분 정도 일찍 끝내 버렸다. 다행히 이런 경우를 대비해 준비해 뒀던 몇 개의 퀴즈를 활용해 그 순간을 모면할 수 있었다.

또 한번은 평소보다 높은 굽의 구두를 신었는데 다리가 좌우로 흔들거렸다. 이때도 순간적인 대처로 청중이 눈치채지 못하게 넘어갈 순 있었지만, 속으로 들킬까 굉장히 조마조마했다. 그래서 나는 수강생들이 겪는 발표 긴장감을 충분히 공감하고 이를 도와주고 싶다.

이 책에는 발표 떨림을 줄이면서 똑 부러지게 말하는 방법이 담겨 있다. 그뿐만 아니라 일상생활 속에서 말하기 실력을 늘릴 수 있는 도움말을 제공했다. 내가 직접 공부하고 연습했던 방법, 수강생들을 지도하면서 효과적이라고 판단했던 기법들을 담았다. 누구나 어렵지 않게 스피치를 익힐 수 있도록 최대한 쉽게 설명했다.

　이 책의 내용을 읽는 데에 그치지 않고 직접 행해 보길 바란다. 그러면 스피치가 재미있고, 즐거워지는 순간이 올 것이다.

김지혜

Chapter 1

청중의 귀에
꽂히는 목소리

1.
떨림 없이 안정적인
목소리로 말하기

같은 면접에 세 번째 도전한다는 수강생의 스피치 수업을 진행한 적이 있다. 매번 필기시험은 합격했지만, 면접에서 계속 떨어진다고 했다. 원인을 찾기 위해 모의 면접을 진행해 봤다. 수강생은 불안정하게 떨리는 목소리로 자기소개와 질문에 대한 답변을 이어 나갔다. 대화할 때와는 사뭇 다른 목소리였다. 그녀는 떨리는 목소리 때문에 더욱 긴장한 모습이었다.

모의 면접이 끝나자마자, 복식호흡으로 말하는 훈련을 시작했다. 훈련을 반복하면서 그녀의 목소리는 안정적으로 바뀌었다. 그리고 그해 당당히 최종 합격했다는 소식을 전해 줬다.

면접뿐 아니라 프레젠테이션, 연설, 사회 등 대중 스피치를 할 때면 목소리가 불안정해지는 사람들이 많다. 가

낡프게 떨리는 목소리가 나기도 하고, 작은 목소리를 키우기 위해 목에 힘을 주면, 음 이탈이 발생하기도 한다. 조금만 말해도 목이 아프고 쉰 소리가 나는 사람도 있다. 소리의 원료(호흡)가 충분히 공급되지 않았기 때문이다.

불안정한 목소리를 개선하고, 안정된 소리를 내려면 복식호흡으로 말하는 연습을 해야 한다.

복식호흡 훈련

호흡은 소리의 원료다. 복식호흡을 하면 우리가 평소에 하는 호흡보다 더 많은 원료(호흡)로 소리를 만들 수 있다. 따라서 안정적인 소리를 내는 데 유리하다.

복식호흡을 할 때 기억해야 할 것은 '배의 움직임'이다. 우선 바른 자세를 취하고, 양손을 배 위에 놓는다. 손으로 배의 움직임을 확인하기 위해서다. 입 밖으로 호흡을 내쉴 때는 배를 등 쪽으로 집어넣는다. 꽉 끼는 바지의 지퍼를 올릴 때, 배에 힘을 줘서 안쪽으로 당기지 않는가. 같은 움직임이다. 배를 등 쪽으로 수축해야 한다. 호흡을 마실 때는 배의 힘을 푼다. 배가 팽창됨을 느낄 수 있다.

복식호흡으로 말하기 위해서는 입과 코로 동시에 호흡

을 마실 수 있어야 한다. 우리가 당황하고 놀랄 때를 생각해 보자. 입이 벌어지면서 공기가 입안으로 자연스럽게 들어온다. 이와 비슷하게 복식호흡으로 말할 때도 입을 벌리고 자연스럽게 호흡을 마시면 된다. 입으로 호흡을 마실 수 있어야 몸 안으로 소리의 원료를 빠르게 공급할 수 있다. 그래야 단단하고 안정된 소리가 나온다.

복식호흡 연습을 할 때 주의해야 할 점은 '어깨의 움직임'이다. 간혹 숨을 깊이 들이마실 때 어깨가 올라가는 사람들이 있다. 어깨가 움직이면 복식호흡을 제대로 할 수 없다. 이런 경우 한 손을 가로질러 반대편 어깨에 올려놓고 움직임을 제한하자. 어깨가 올라가려는 순간, 손으로 어깨를 누르면서 움직임을 통제하자.

복식호흡을 연습할 때는 일정하게 숨을 뱉어야 한다. 배를 등 쪽으로 당기면서 '후우우~' 고르게 호흡을 뱉어 보자. 5초, 8초, 10초, 15초 단위로 호흡 뱉는 시간을 서서히 늘려 나간다. 스톱워치를 활용하면 간편하게 시간을 측정할 수 있다.

호흡을 마실 때는 배의 힘을 풀고, 입과 코로 빠르게 공기를 마신다.

1. 5초 동안 일정하게 '후우우~' 호흡 뱉기

2. 8초 동안 일정하게 '후우우~' 호흡 뱉기

3. 10초 동안 일정하게 '후우우~' 호흡 뱉기

4. 15초 동안 일정하게 '후우우~' 호흡 뱉기

이번에는 앞니를 가볍게 붙이고 공기를 밀어 내면서 '쓰으~' 호흡을 일정하게 뱉어 보자. 풍선에서 바람 빠지는 소리가 날 것이다. 호흡을 뱉을 때, 배는 등 쪽으로 들어간다. 이때는 최대한 배 속의 공기를 다 빼낸다는 생각으로 호흡을 뱉는다. 최소 15초 이상 호흡을 뱉으려 노력하자.

1. '쓰으~' 호흡을 고르게 뱉는다.

2. 최대한 배 속의 공기를 다 빼낸다는 생각으로 호흡을 뱉는다.

3. 3번 반복해서 연습한다.

처음 복식호흡을 연습할 때는 배의 움직임이 어색할 수

있다. 복식호흡이 생각처럼 잘되지 않을 수도 있다. 이런 경우, 바닥에 누워 편하게 호흡하자. 손을 배 위에 올려놓고 깊게 숨을 들이마셔 보자. 배가 위로 움직이는 것을 느낄 수 있다. 반대로 호흡을 뱉으면 배가 등 쪽으로 내려갈 것이다. 이렇게 누운 자세로 호흡하며 배의 움직임을 살펴보자. 그리고 어느 정도 배의 움직임을 감 잡았다면 다시 일어나서 복식호흡을 연습해 보자.

복식호흡으로 말하기 훈련

소리는 우리가 들이마신 공기가 입 밖으로 나오는 과정에서 성대를 통과하며 만들어진다. 이것을 발성이라고 한다. 복식호흡 연습을 충분히 했다면, 지금부터는 복식호흡으로 말하는 연습을 해 보자.

소리가 시원하게 나오기 위해서는 입과 턱을 벌려야 한다. 하품할 때의 입 모양을 생각해 보자. 턱이 내려가면서 입안의 공간이 넓어진다. 이렇게 턱을 내리면서 입을 벌려야 한다. 그리고 난 후 배를 등 쪽으로 수축시키며 '하아~' 호흡을 뱉어 보자. 소리를 내지 않고, 한숨 쉬듯 공기를 입 밖으로 뱉어 낸다.

다시 호흡을 마시자. 이번에는 호흡을 뱉으면서 '하아~' 라고 소리 내 보자. 소리를 멀리 던진다는 생각으로 길게 뽑아내듯 발성한다.

발성할 때 배의 움직임도 복식호흡을 할 때와 같다. 소리를 낼 때는 배가 등 쪽으로 들어간다. 호흡을 마실 때는 입과 코로 마시며, 배가 팽창된다.

[복식호흡으로 발성하기]

(배를 등 쪽으로 집어넣으면서) 하아~~~~

발성할 때 첫 음을 높게 잡지 말자. 낮은음으로 시작해야 한다. 여기서 낮은음이란 목을 누르지 않고, 편하게 나오는 소리를 말한다. 억지로 목을 누르면서 낮은 소리를 내라는 말이 아니다.

또한, 발성할 때 목에 힘이 들어간다면 연습을 중단하자. 목에 힘이 들어가면 목이 따끔거리거나 소리가 얇게 나올 것이다. 목이 아프다고 느껴지면 연습을 잠시 중단하고, 따뜻한 물을 마시는 것이 좋다.

발성 연습을 할 때는 가급적 소리를 크게 내는 것이 효과적이다. 작은 목소리에 익숙한 사람은 큰 목소리를 내는 게 어색할 수 있다. 그러나 시원하게 뻗어 나가는 목소리를 만들기 위해서는 소리를 키워 연습하는 것이 좋다. 단, 목에 힘을 줘서 위로 찌르는 듯한 고음을 내서는 안 된다. 멀리 있는 사람까지 들릴 수 있을 정도의 소리를 낸다고 생각하며 연습해 보자.

복식호흡으로 '하아~' 발성을 해 봤다면, 다음 문장을 복식호흡으로 말해 보자. 한 번의 호흡으로 문장 끝까지 말해야 한다.

'좋은 목소리를 위해 발성 훈련을 합니다.'

첫음절을 소리 낼 때부터 배를 등 쪽으로 집어넣는다. 첫 음은 낮게 잡고 배에 힘을 주면서 끝음절인 '다'까지 소리 내자. 끝음절까지 말했다면 배의 힘을 풀면서 입과 코로 공기를 마신다.

문장이 긴 경우에는 중간에 호흡을 하자. 문장과 문장을 이어 주는 연결어미(-고, -며, -서 등) 다음에 호흡하면 자연스럽게 말할 수 있다. 연습할 때 원고에 미리 호흡할 부분을 표시해 놓자.

복식호흡으로 말할 때는 배가 등 쪽으로 들어가고, 호흡을 마실 때는 배가 앞으로 나온다는 것을 기억하자. 그리고 소리의 원료(공기)를 충전할 때는 입과 코로 빠르게 마실 수 있어야 한다.

[복식호흡으로 소리 내 읽기]

좋은 목소리는 듣기 편한 목소리입니다.
좋은 목소리는 말하기 편한 목소리입니다.
좋은 목소리를 위해 호흡 훈련을 합니다.
좋은 목소리를 위해 발성 훈련을 합니다.
좋은 목소리를 위해 발음 훈련을 합니다.
→ 첫음절의 음을 높이지 않는다.

복식호흡으로 말하는 게 쉽지 않을 수 있다. 그러나 포기하지 않고 꾸준히 연습한다면 어느 순간 복식호흡으로 말하는 게 자연스러워질 것이다.

처음 컴퓨터 자판을 연습했을 때를 생각해 보자. 손가락으로 누르는 글자가 맞는지 의식하며 자판 연습을 했을 것이다. 하지만 반복해서 연습하다 보면 눈으로 글자를 확인하지 않아도 자판을 칠 수 있게 된다. 몸이 기억하는 것이다.

복식호흡으로 말하기 위해서도 연습 기간이 필요하다. 3개월 정도 포기하지 않고 연습한다면 배의 힘을 이용해 말하는 것이 자연스러워질 것이다. 다만, 목이 아프거나, 컨디션이 좋지 않을 땐 무리해서 연습하지 말자.

2

힘 있게 뻗어 나가는
목소리 만들기

스타카토 발성 훈련

나는 지금도 오전 일정을 시작하기 전, 호흡과 발성 연습을 한다. 복식호흡으로 시작해 스타카토 발성으로 끝낸다. 발음은 매번 신경 쓴다. 스타카토 발성 연습을 하면 목소리에서 힘이 더욱 느껴진다. 수강생들도 스타카토 발성 훈련을 한 후 목소리가 바로 단단해짐을 체감한다.

스타카토 발성법을 연습할 때는 '기합 소리'를 생각하자. 태권도에서 짧고 강한 기합 소리를 내는 걸 본 적 있을 것이다. 스타카토 발성도 기합 소리처럼 힘 있게 끊어 내듯이 소리 내야 한다. (음악의 스타카토를 생각하자)

물론 이때도 복식호흡을 해야 한다. 소리를 낼 때는 배가 등 쪽으로 수축한다. 호흡이 한 번에 나오기 때문에 배가 훅 들어간다. 호흡을 마실 때는 배가 팽창한다.

스타카토 발성으로 '하!'라고 10번 소리 내 보자. 호흡을 세게 뱉으며 발성해야 하고, 음이 점점 높아지지 않도록 주의해야 한다.

[스타카토 발성하기]

하! 하! 하! 하! 하! 하! 하! 하! 하! 하!
→ 한 번의 호흡에 한 글자씩 소리 낸다.
→ 한 글자씩 소리 낼 때마다 배가 등 쪽으로 훅 들어간다.

이번에는 다음 문장을 한 글자씩 스타카토 발성으로 소리 내자.

[스타카토 발성으로 한 글자씩 소리 내기]

좋! 은! 목! 소! 리! 는! 듣! 기! 편! 한! 목! 소! 리! 입! 니! 다!
좋! 은! 목! 소! 리! 는! 말! 하! 기! 편! 한! 목! 소! 리! 입! 니! 다!
좋! 은! 목! 소! 리! 를! 위! 해! 호! 흡! 훈! 련! 을! 합! 니! 다!

좋! 은! 목! 소! 리! 를! 위! 해! 발! 성! 훈! 련! 을! 합! 니! 다!
좋! 은! 목! 소! 리! 를! 위! 해! 발! 음! 훈! 련! 을! 합! 니! 다!

스타카토 발성 연습을 했다면, 다시 한 호흡으로 한 문장
을 소리 내 읽어 보자. 소리가 좀 더 단단해지고 커짐을 느
낄 것이다.

[복식호흡으로 소리 내 읽기]

좋은 목소리는 듣기 편한 목소리입니다.
좋은 목소리는 말하기 편한 목소리입니다.
좋은 목소리를 위해 호흡 훈련을 합니다.
좋은 목소리를 위해 발성 훈련을 합니다.
좋은 목소리를 위해 발음 훈련을 합니다.
→ 첫음절의 음을 낮게 잡는다.

나는 목소리를 교정하기 위해 두 달간 매일 발성과 발

음 연습을 했다. '가갸거겨표'를 활용해 소리를 멀리 던지는 발성 연습을 한 후, 스타카토 발성으로 목소리를 단단하게 만들었다.

'가갸거겨표'로 두 가지 발성법을 연습하자. 시간적 여유가 없다면 매일 두 줄씩만 연습해도 좋다. 한 줄은 소리를 멀리 던지듯 연습하고, 다음 줄은 스타카토 발성으로 힘 있게 소리 내 보자.

가 갸 거 겨 고 교 구 규 그 기 게 개 괴 괘 궤 과
나 냐 너 녀 노 뇨 누 뉴 느 니 네 내 뇌 놰 눼 놔
다 댜 더 뎌 도 됴 두 듀 드 디 데 대 되 돼 뒈 돠
라 랴 러 려 로 료 루 류 르 리 레 래 뢰 뢔 뤠 롸
마 먀 머 며 모 묘 무 뮤 므 미 메 매 뫼 뫠 뭬 뫄
바 뱌 버 벼 보 뵤 부 뷰 브 비 베 배 뵈 봬 붸 봐
사 샤 서 셔 소 쇼 수 슈 스 시 세 새 쇠 쇄 쉐 솨
아 야 어 여 오 요 우 유 으 이 에 애 외 왜 웨 와
자 쟈 저 져 조 죠 주 쥬 즈 지 제 재 죄 좨 줴 좌
차 챠 처 쳐 초 쵸 추 츄 츠 치 체 채 최 쵀 췌 촤
카 캬 커 켜 코 쿄 쿠 큐 크 키 케 캐 쾨 쾌 퀘 콰
타 탸 터 텨 토 툐 투 튜 트 티 테 태 퇴 퇘 퉤 톼
파 퍄 퍼 펴 포 표 푸 퓨 프 피 페 패 푀 퐤 풰 퐈
하 햐 허 혀 호 효 후 휴 흐 히 헤 해 회 홰 훼 화

성량 조절 발성 훈련

성량 조절 발성법은 목소리의 크기를 조절하는 데 효과적이다. 나는 20대 때 성우 수업에 참여해 이 발성법을 배웠다. 1단계부터 5단계까지 목소리를 키우거나 줄이며 말하는 방법이다.

1단계는 바로 옆에 있는 사람이 들릴 정도의 작은 소리다. 목에 힘을 빼고 소리를 내되, 발음이 부정확하거나 무슨 말인지 못 알아듣게 소리 내면 안 된다. 2단계에서는 1단계보다 성량을 조금 더 키워 말한다. 마주 보고 앉아 있는 사람이 들릴 정도의 크기로 소리를 내면 된다. 3단계는 평소 복식호흡 발성으로 낼 수 있는 소리다. 3단계에서는 말할 때 배가 수축함을 확실하게 느낄 수 있다. 4단계는 3단계의 성량보다 커야 한다. 그렇다고 목에 힘이 들어가서는 안 된다. 3단계보다 배를 등 쪽으로 좀 더 집어넣으며 말하자. 마지막 5단계는 내가 낼 수 있는 가장 큰 소리다. 4단계에서보다 배가 등 쪽으로 더욱 들어간다. 그리고 입을 크게 벌려야 소리도 커진다는 점을 명심하자.

성량을 키울 때 목이 아프다면 연습을 중단한다. 목이 아닌 배의 힘을 이용해서 소리를 키워야 한다.

한 문장에서 첫음절과 끝음절의 성량이 일정하도록 소리 내자.

> **[연습하기 1]**
>
> (1단계) 좋은 목소리는 듣기 편한 목소리입니다.
> (2단계) 좋은 목소리는 말하기 편한 목소리입니다.
> (3단계) 좋은 목소리를 위해 호흡 훈련을 합니다.
> (4단계) 좋은 목소리를 위해 발성 훈련을 합니다.
> (5단계) 좋은 목소리를 위해 발음 훈련을 합니다.

1단계부터 5단계까지 서서히 성량을 키워 봤다면, 다음 문장을 각 단계에 맞게 소리 내 보자. 소리가 커지기도 했다가 작아지기도 해야 한다. 성량 조절 발성 훈련을 하면 상황에 맞는 크기의 소리로 말하기 수월해진다.

> **[연습하기 2]**
>
> (3단계) 저는 올해 세 가지 계획을 세웠습니다.

(4단계) 첫째, 운동을 열심히 해서 체력을 키울 겁니다.

(4단계) 둘째, 매월 한 권의 책을 읽겠습니다.

(3단계) 셋째, 명상을 통해 여유 있는 자세를 갖겠습니다.

(5단계) 위의 계획을 잘 실행해서 목표를 달성하겠습니다.

[연습하기 3]

(1단계) 오늘 야근을 했더니 너무 피곤해요.

(2단계) 그래서 저녁에 맛있는 고기를 먹으려고요.

(4단계) 디저트로는 달콤한 초콜릿케이크를 먹을 거예요.

(3단계) 생각만으로 기분이 좋네요.

(5단계) 다시 기운이 나네요!

발성 훈련을 하면 수강생의 목소리가 대부분 좋아진다. 그런데 일부 수강생들은 '내 목소리가 정말 좋아진 건지, 어느 정도 좋아진 건지' 가늠하기 어려워한다. 이런 경우를 대비해 발성 연습을 시작하기 전, '나의 목소리'를 녹음해 놓자. 그리고 연습을 충분히 한 후 다시 내 목소리를 녹

음해 들어 보자. 연습 전과 비교해 확연히 달라졌음을 느
낄 것이다.

3.
정확한 발음으로
또박또박 말하기

    똑 부러지게 메시지를 전달하고 싶다면 정확한 발음으로 말해야 한다. 발음의 정확도는 대중 스피치에서뿐 아니라 일상생활 속 타인과의 소통에서도 매우 중요하다. 웅얼거리는 목소리, 부정확한 발음으로 말한다면 상대방과 소통의 오류가 생기기 쉽다.

    나는 '발음'을 제대로 알아듣지 못해, 택시 기사와의 소통에서 난감했던 적이 있다. 오전 일정을 끝내고 바로 성당에 가기 위해 택시 호출 앱을 이용했다. 도착지를 입력해 호출한 후 택시에 탑승했는데 택시 기사가 "벌레서 가요."라고 말하는 것이다. '벌레?' 처음 들었을 때 무슨 말인지 이해가 안 됐다. 순간 '다시 도착지를 확인하시려는 건가?'라는 생각이 들었다. '가요'라는 말만 정확히 들렸기에 내용을 추측해서 "네, 성당으로 가 주세요."라고 답했다.

그러자 택시 기사가 "그러니까 벌레서 가요."라고 다시 말하는 것이다. 무슨 말인지 도통 알 수 없었다. 잠시 말의 내용을 생각하던 찰나, 택시 기사는 택시 방향을 돌렸다. 그제야 택시 기사의 말을 이해할 수 있었다. 기사는 택시 방향을 '돌려서 간다'고 말했던 것이다.

택시 기사가 말할 때 입의 움직임을 유심히 살폈다. 입이 고정된 것처럼 거의 움직임이 없었다. 입을 움직이지 않으면 발음이 정확하게 나올 수 없다. 10년간 스피치 코칭을 해 본 결과, 대부분의 수강생이 입만 부지런히 움직여도 발음은 상당히 좋아졌다.

그렇다면 입은 어떻게 움직여야 할까? 지금부터 또렷한 소리가 나올 수 있는 입 모양 훈련법을 배워 보자.

입 모양 훈련

우리나라 글자는 모음과 자음으로 구성된다. 모음은 단모음과 이중모음으로 나눌 수 있다. 단모음은 하나의 입 모양으로 발음한다. 반면 이중모음은 입 모양을 두 번 만들어야 정확한 발음이 나온다. 간혹 이중모음을 단모음처럼 발음하는 경우가 있다. '사과'를 [사가], '과학'을 [가학]

같이 소리 내는 경우다. 이중모음을 단모음처럼 발음하면 똑 부러지는 이미지를 만들 수 없다. 입 모양 훈련을 통해 입을 부지런히 움직여 보자.

우선, 단모음 훈련부터 해 보자. 단모음은 '아, 어, 오, 우, 으, 이, 에, 애, 외, 위' 총 10개다. 이 중 '외, 위'는 이중모음 발음으로 허용되고 있고, 이중모음 발음으로 소리 냈을 때 듣기 좋다. 따라서 '외, 위'를 제외한 8개 단모음부터 연습해 보자.

다음 그림은 입 모양을 나타낸 것이다. 그림과 설명을 같이 보면서 입 모양을 직접 만들어 보자.

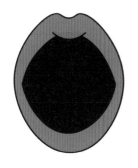

아 : '아'를 발음할 때는 입과 턱이 벌어져야 한다. 검지와 중지를 붙여 세로로 넣을 수 있을 만큼 입안의 공간이 생겨야 한다. 우리가 하품할 때를 생각해 보자. 아래턱이 내려가면서 입이 크게 벌어지지 않는가. 하품할 때의 입 모양처럼 입과 턱을 벌리며 발음해야 한다.

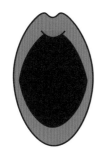

어 : '어'를 발음할 때도 입과 턱을 벌려야 한다. 그러나 '아'를 발음할 때보다 가로 폭이 살짝 좁아진다. 사투리 교정 수업에서 강조하는 발음이기도 하다. 사투리를 쓰는 수강생 대부분이 '어'를 '으'처럼 소리 낸다. '덥다'를 [드웁다]로, '거기'를 [그으기]로 발음한다. 입과 턱을 벌리는 연습만으로도 표준 발음에 가까워질 수 있다.

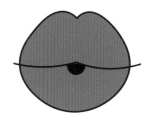

오 : '오'를 발음할 때는 입술을 동그랗게 모아서 아래쪽으로 내민다. 단모음 연습을 할 때는 '오' 입 모양을 잘 만들어도 '와', '왜', '외'('오' 입 모양으로 시작하는 이중모음 발음)를 발음할 땐 입술을 잘 모으지 않는 사람들이 많다. 입술을 모아서 아래쪽으로 내미는 연습을 해야 한다.

우 : '우'를 발음할 때는 '오'를 발음할 때보다 입술을 더 내밀어야 한다. 윗입술을 살짝 들어 올리면서 입술을

쭉 내밀며 발음하자. 사랑하는 사람에게 뽀뽀할 때 입술을 내밀듯이 입 모양을 만든다. 특히 이중모음에서 '우' 입 모양으로 시작하는 경우, 더욱 신경 써서 발음해야 한다.

 으 : '으'는 입술에 힘을 거의 뺀 채 입을 가로로 찢으며 발음한다. '으'를 발음할 때 턱을 많이 내리면 '어'처럼 들린다. 살짝 입술을 떨어트린 채 가볍게 가로로 벌려야 한다.

 이 : '이'는 입꼬리를 올린 채 가로로 찢으면서 발음한다. 윗니가 보일 수 있게 입꼬리를 위로 끌어올리면서 발음해야 한다. 미소를 지으며 발음한다고 생각하면 쉽게 입 모양을 만들 수 있다.

 에 : '에'를 발음할 때는 '이' 입 모양에서 턱을 좀 더 내려 입을 벌려야 한다. 검지가 살짝 들어갈 수 있을 정도로 입을 벌린다.

 **애** : '애'는 '에'를 발음할 때보다 입이 좀 더 벌어진다. '아'를 발음할 때보단 입의 벌어짐이 작고, '에'를 발음할 때보다는 턱을 좀 더 내려야 한다. '에'와 '애' 입 모양을 달리해서 발음해 보자.

> **[단모음 연습]**
>
> ▶ 연습할 때 거울을 보며 입 모양을 확인하자. 굳어 있는 입 주변 근육을 스트레칭한다는 느낌으로 과장되게 움직이는 것이 좋다.
>
> **아 / 어 / 오 / 우 / 으 / 이 / 에 / 애**

이중모음은 입 모양을 두 번 만들어야 한다. 단모음을 발음할 때의 입 모양을 생각하며 입을 부지런히 움직이자. 다음 그룹은(5번 그룹을 제외하고) 첫 번째 입 모양을 기준으로 분류한 것이다.

야:이→아
여:이→어
요:이→오
유:이→우
예:이→에
얘:이→애

야, 여, 요, 유, 예, 얘 : '이' 입 모양에서 시작하는 발음이다. 입꼬리를 올리면서 두 번째 입 모양을 만들어 소리 낸다. '야'는 '이' 입 모양에서 '아' 입 모양으로 빠르게 바꾸며 소리 낸다. '여'는 '이' 입 모양에서 '어' 입 모양으로 바꾸어 소리 낸다. '요'는 '이' 입 모양을 만든 후 '오' 입 모양을 만들며 소리 낸다. '유'는 '이' 입 모양을 시작으로 입술을 내밀며 '우' 입 모양을 만들어야 한다. '예'는 '이' 입 모양에서 '에' 입 모양을, '얘'는 '이' 입 모양에서 '애' 입 모양을 만들며 발음한다. '예'보다 '얘'를 발음할 때 입이 더 크게 벌어진다.

2

와:오→아
왜:오→애

와, 왜 : '오' 입 모양에서 시작하는 발음이다. 이중모음으로 발음할 때 '오' 입 모양을 만들지 않는 사람들이 의외로 많다. 특히 조사로 쓰일 경우, '~와', '~과'를 [아], [가]로 발음하지 않도록 신경 써야 한다.

3

워 : 우 → 어
웨 : 우 → 에

워, 웨 : '우' 입 모양에서 시작하는 발음이다. '워'는 입술을 내민 다음 턱을 벌려 '어' 입 모양을 만든다. '웨'는 입술을 내밀어 '우' 입 모양을 만든 후 '에' 소리를 내야 한다. 입술을 모아 내미는 동작을 생략하는 사람들이 많다. 신경 써서 소리 내야 발음이 좋아진다.

4

으 : 으 → 이

의 : '으' 입 모양에서 입꼬리를 올리며 '이' 발음을 해야 한다. '이' 입 모양을 만들지 않으면 정확한 이중모음 발음이 나올 수 없다. 그러면 '의사', '의자'가 [으사], [으자]로 들리게 된다. 입 모양을 두 번 만들어야 정확하게 [의] 소리가 나온다.

그런데 '의'는 위치에 따라 세 가지로 발음할 수 있다. 단어의 첫음절에 올 경우 [의]라고 소리 낸다. 의사[의사], 의자[의자], 의학[의학]으로 발음한다. 단어의 첫음절이 아닐 경우에는 [이]로 발음할 수 있다. 주의[주이], 강의[강이], 토의[토이]로 발음해야 자연스럽게 소리가 난다. 조사로 쓰일 경우에는 [에]로 발음할 수 있다. 나의[나에], 너의[너에], 우리의[우리에]로 발음하자.

그 외에 '의'와 결합한 초성이 'ㅇ'이 아닌 다른 자음인 경우가 있다. 예를 들면, '무늬'처럼 'ㄴ' 자음과 '의' 모음이 합해진 글자에서는 [이]로 발음해야 한다. 따라서 '무늬'는 [무니]로 발음하면 된다.

['의' 발음 연습]

흰색[힌색] **줄무늬**[줄무니] 셔츠를 입은 선생님께서 **의자**[의자]에 앉아 **우리의**[우리에] 시험지를 채점하신다.

5

외 : 오 → 에
위 : 우 → 이

외, 위 : '외', '위'는 단모음이지만 이중모음 발음으로 허용되며, 이중모음으로 발음했을 때 듣기 좋다. '외'는 '오' 입 모양을 시작으로 '에' 입 모양을 만들어 소리낸다. '위'는 '우' 입 모양에서 '이' 입 모양을 만들며 발음한다.

[이중모음 연습]

▶ 연습할 때 거울을 보며 입 모양을 확인하자. 굳어 있는 입 주변 근육을 스트레칭한다는 느낌으로 과장되게 움직이는 것이 좋다.

야 / 여 / 요 / 유 / 예 / 얘 /
와 / 왜 / 워 / 웨 / 의 / 외 / 위

다음 문장을 발음하기 전에 모음만 따로 떼어 내 연습
해 보자. 입을 큼직하게 움직이며 모음 연습을 했다면, 다
시 문장 전체를 소리 내 읽어 보자. 가급적 한 번의 호흡으
로 한 문장을 읽으려 노력하자. 입의 움직임뿐 아니라 배
의 움직임까지 신경 써서 소리 내자.

[연습하기 1]
정확한 발음을 위해서는 입 모양을
정확히 만들어야 합니다.

정확한발음을위해서는입모양을

ㅓ ㅘ ㅏ ㅏ ㅡ ㅡ ㅟ ㅐ ㅓ ㅡ ㅣ ㅗ ㅑ ㅡ

정확히만들어야합니다

ㅓ ㅘ ㅣ ㅏ ㅡ ㅓ ㅑ ㅏ ㅣ ㅏ

[연습하기 2]

입술을 부지런히 움직이고

입과 턱을 벌리는 연습을 해야 합니다.

입술을부지런히움직이고

ㅣ ㅜ ㅡ ㅜ ㅣ ㅓ ㅣ ㅜ ㅣ ㅣ ㅗ

입과턱을벌리는연습을해야합니다

ㅣ ㅘ ㅓ ㅡ ㅓ ㅣ ㅡ ㅕ ㅡ ㅡ ㅐ ㅑ ㅏ ㅣ ㅏ

[연습하기 3]

모든 글자를 정확히 소리 내려고

연습해야 합니다.

모든글자를정확히소리내려고

ㅗ ㅡ ㅡ ㅏ ㅡ ㅓ ㅘ ㅣ ㅗ ㅣ ㅐ ㅕ ㅗ

연습해야합니다

ㅕ ㅡ ㅐ ㅑ ㅏ ㅣ ㅏ

[연습하기 4]

발음이 정확해지면
전달력이 좋아집니다.

발음이정확해지면

ㅏ ㅡ ㅣ ㅓ ㅘ ㅐ ㅕ

전달력이좋아집니다

ㅓ ㅕ ㅣ ㅗ ㅏ ㅣ ㅏ

받침 발음 훈련

똑 부러지게 말하기 위해서는 받침 발음도 정확히 소리 내야 한다. 받침으로 사용되는 글자는 자음이다. 자음은 총 19개지만, 받침으로 발음되는 글자는 'ㄱ, ㄴ, ㄷ, ㄹ, ㅁ, ㅂ, ㅇ', 7개다. ('ㅅ, ㅈ, ㅊ, ㅌ'은 받침으로 발음할 때 'ㄷ'으로 소리 내고, 'ㅍ'은 'ㅂ'으로 소리 낸다)

이 중 부정확하게 나오기 쉬운 받침 발음 'ㄴ, ㄷ, ㄹ, ㅁ, ㅂ'과 자음 'ㅎ' 발음을 살펴보자.

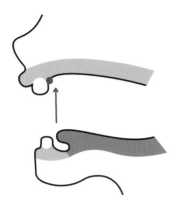

　'ㄴ(니은), ㄷ(디귿)'은 치조음이다. 치조음은 혀끝이 치조에 닿으면서 소리가 난다. 혀끝으로 윗니 뒤쪽에 있는 잇몸을 문질러 보자. 오돌토돌한 부분이 느껴질 것이다. 여기에 혀끝이 닿아야 한다. 혀끝이 잇몸에 닿지 않으면 맹한 소리가 난다. '선물'이 [성물]로 발음된다. 받침 'ㄴ' 소리가 'ㅇ'같이 나오는 것이다. 따라서 'ㄴ, ㄷ' 소리를 낼 때는 반드시 혀끝이 윗잇몸에 닿아야 한다는 것을 기억하자.

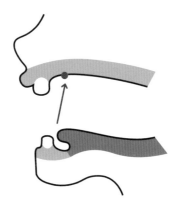

　‘ㄹ(리을)’도 치조음이지만, ‘ㄴ(니은), ㄷ(디귿)’을 발음
할 때와 비교하면 혀끝이 닿는 위치가 조금 다르다. ‘ㄹ’은
혀끝이 좀 더 안쪽에 있는 입천장에 닿는다. ‘ㄴ, ㄷ’을 발
음할 땐 혀끝이 윗니 뒤쪽에 있는 잇몸에 닿는다면, ‘ㄹ’은
혀끝을 좀 더 말면서 입천장에 닿으며 소리 낸다.

　‘ㄹ’을 발음할 때 혀끝이 윗니 바로 뒤쪽에 있는 잇몸에
닿으면, 혀 짧은 소리처럼 나온다. 반면, 혀끝을 너무 안쪽
으로 과하게 말아 입천장에 닿지 않으면 'R' 발음으로 나오
게 된다. 기억하자. ‘ㄹ’을 발음할 때는 살짝 혀를 안쪽으로
말아야 하지만, 입천장에 닿아야 깔끔하게 소리가 나온다.

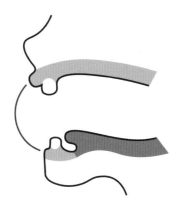

'ㅁ(미음), ㅂ(비읍)'은 양순음이다. 양순음은 윗입술과 아랫입술의 움직임으로 나는 소리다. 입술을 확실하게 붙여야 'ㅁ, ㅂ' 소리가 정확하게 나온다. 입술을 붙이지 않고 대충 발음해서 'ㅁ, ㅂ' 받침소리가 부정확한 사람들이 생각보다 많다. 입술을 붙일 때는 과하게 안쪽으로 말지 않고, 부드럽게 윗입술과 아랫입술을 맞닿게 하자.

['ㅁ, ㅂ' 받침 발음 연습]

몸무게, 맵다[맵따], 굽다[굽따], 밥집[밥찝], 합계[합꼐], 김밥, 침대, 숲길[숩낄], 솜사탕, 솜털, 김치찌개, 숨다[숨따]

받침소리가 잘 들리면 똑 부러지는 이미지를 만들기 유리하다. 받침 발음을 연습할 때 조급하게 소리 내지 말자. 받침 글자 앞에 오는 모음을 살짝 길게 소리 낸다는 생각으로 발음해 보자. 예를 들면, '숲[숩]'을 발음할 때는 [수웁]처럼 모음을 살짝 길게 소리 내는 것이다. 받침 발음이 더욱 정확하게 들릴 것이다. 한 글자씩 정성스럽게 연습하자.

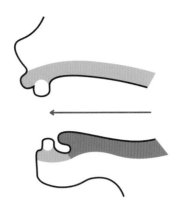

‘ㅎ(히읗)’은 받침소리는 아니지만, 스피치 강의할 때 자주 언급하는 자음이다. ‘ㅎ’ 음가를 잘 살리면 똑 부러지는 이미지에 도움이 된다. ‘ㅎ’은 목구멍에서 나는 소리다. ‘ㅎ’을 발음할 때는 바람을 세게 뱉으며 발음해야 소리가 또렷하게 나온다.

첫음절에 ‘ㅎ’이 올 때는 분명하게 발음하더라도, 그 외의 음절에 올 경우 ‘ㅎ’을 ‘ㅇ’처럼 발음하는 사람들이 의외로 많다. 예를 들면, 대학교를 [대악꾜], 영화를 [영와]처럼 발음한다. ‘ㅎ’ 음가 표현을 제대로 하려면 바람을 세게 뱉으며 발음해야 한다.

그리고 첫음절에 ‘ㅎ’이 올 경우에는 톤을 높여 소리 내지 않도록 주의해야 한다. 반음 정도 낮춘다는 생각으로 톤을 내리며 발음하자.

['ㅎ' 발음 연습]

대학교[대학꾜], 영화, 오후, 위험, 표현, 대해서, 심화, 소화, 한국, 하루, 하늘, 해바라기, 화목하다[화모카다], 후회, 회사

표준 발음 훈련

또랑또랑하게 말하고 싶다면, 표준 발음 규칙을 적용해 소리 내자. 대표적으로 '연음' 현상이 있다. 연음이란 글자를 연결해서 발음하는 소리다. 받침이 있는 글자 뒤에 모음이 올 때, 받침을 모음의 'ㅇ' 자리로 올려서 발음하는 것이다.

가령, '일요일'을 [일료일]로 발음한다면 억양이 세고 부자연스럽다. 이때 연음을 기억하며 발음해 보자. '일'의 받침 'ㄹ'을 '요'의 'ㅇ' 자리로 올려 발음하면 된다. 그러면 '일요일'은 [이료일]이라고 훨씬 부드럽고, 세련된 소리로 발음된다.

단, 예외가 있다. '같이'는 [가티]로 발음하지 않는다. 받침 발음 'ㅌ'을 '이'의 'ㅇ' 자리로 올려 발음해야 할 것 같지만, 표준 발음은 [가치]다. 앞에 오는 글자의 받침이 'ㄷ' 또는 'ㅌ'이고, 받침 글자(ㄷ, ㅌ)와 닿아 있는 모음으로 '이'(조사, 접미사)가 올 경우에는 'ㄷ, ㅌ'을 'ㅈ, ㅊ'으로 바꿔 발음해야 한다.

또한, 'ㅎ'과 자음(ㄱ, ㄷ, ㅂ, ㅈ)이 만나면, 거센소리(ㅋ, ㅌ, ㅍ, ㅊ)로 발음된다. 'ㄱ'과 'ㅎ'이 만나면 'ㅋ'으로 발음된다. '백화점'은 '백'의 'ㄱ'과 '화'의 'ㅎ'이 만나 [배콰점]으로 발음해야 한다. 또, 'ㄷ'과 'ㅎ'이 만나면 'ㅌ'으로 발음된다. '맏형'은 '맏'의 'ㄷ'과 '형'의 'ㅎ'이 만나 [마텽]으로 발음해야 한다. 'ㅂ'과 'ㅎ'이 만나면 'ㅍ'으로 발음된다. '법학'을 발음할 땐 '법'의 'ㅂ'과 '학'의 'ㅎ'이 만나 'ㅍ'으로 바뀐다. 그래서 [버팍]으로 발음해야 한다. 'ㅈ'과 'ㅎ'이 만나면 'ㅊ'으로 발음된다. '꽂히다'에서 '꽂'의 'ㅈ' 받침과 'ㅎ'이 만나면 'ㅊ'으로 바뀐다. 그래서 [꼬치다]로 발음해야 한다.

표준 발음 규칙을 적용해 빈칸을 채워 보자. 그리고 소리 내 발음해 보자.

목요일 [ ]	꽃이 [ ]	생각해 [ ]
금요일 [ ]	낮에 [ ]	완벽해 [ ]
얼음 [ ]	저녁에 [ ]	복합 [ ]
언약 [ ]	옷을 [ ]	앉히다 [ ]
필요 [ ]	여름에 [ ]	좁히다 [ ]
걸음 [ ]	오늘은 [ ]	넓히다 [ ]

[정답]

목요일 [모교일]	꽃이 [꼬치]	생각해 [생가캐]
금요일 [그묘일]	낮에 [나제]	완벽해 [완벼캐]
얼음 [어름]	저녁에 [저녀게]	복합 [보캅]
언약 [어냑]	옷을 [오슬]	앉히다 [안치다]
필요 [피료]	여름에 [여르메]	좁히다 [조피다]
걸음 [거름]	오늘은 [오느른]	넓히다 [널피다]

표준 발음 찾기

발음 연습을 하다 보면 표준 발음으로 정확하게 소리
냈는지 헷갈리는 경우가 있을 것이다. 이럴 때 참고하면
도움이 되는 방법을 살펴보자.

우선 '한국어 발음 사전'을 이용할 수 있다. 한국어 발음 사전은 국어사전과 다르다. 국어사전에는 단어의 의미가 기재돼 있지만, 한국어 발음 사전에는 단어의 표준 발음이 쓰여 있다. 하지만 국어사전처럼 자음 순으로 단어가 나열돼 있어, 표준 발음을 찾아볼 때도 국어사전을 이용하는 방법과 동일하다. 헷갈리는 표준 발음이 있다면 국어사전을 이용하듯 그 단어를 찾으면 된다.

요즘은 인터넷으로도 쉽게 표준 발음을 확인할 수 있다. 표준 발음이 헷갈린다면 '네이버 국어사전'에 단어를 입력해 보자. 괄호 표시 안에 적혀 있는 글자가 표준 발음이다. 스피커 표시를 누르면 표준 발음을 직접 들을 수도 있다. 이제는 스마트폰만 있으면 용이하게 표준 발음을 확인할 수 있다.

마지막으론 '표준 발음 변환기'를 활용하는 것이다. 인터넷으로 표준 발음 변환기를 검색한 후 즐겨찾기에 추가하자. 노란색 박스 안에 단어나 문장을 입력하면 표준 발음으로 변환된 글자를 보여 준다. 그리고 왜 이렇게 변환됐는지, 표준 발음법을 근거로 설명해 준다. 간편하게 표준 발음법까지 확인할 수 있어 내가 애용하는 방법이다.

4.
상황에 맞는 말투로
원하는 이미지 연출하기

말투 교정을 위해 기억해야 할 세 가지

스피치를 할 때 원하는 이미지를 연출하기 위해서는 적합한 말투를 구사해야 한다. 나의 주장을 관철해야 할 때, 준비한 내용을 똑똑하게 전달해야 할 때, 친절하게 고객을 응대해야 할 때 등 상황에 어울리는 말투를 사용하면 바라는 결과를 얻기 수월해진다. 똑 부러지는 스피치를 위한 말투 교정법을 알아보기 전에, 다음 세 가지를 기억하자.

첫째, 듣기 편하면서 말하기 편한 목소리는 완만한 포물선 형태다. 목소리는 눈에 보이지 않지만, 좋은 목소리를 시각화한다면 완만한 포물선 형태라고 할 수 있다. 낮은음으로 시작해서 두 번째 글자부터 음이 소폭 올라간다. 그렇게 완만한 곡선을 그리다가 끝 음이 살짝 올라가거나 내려가는 등의 형태로 끝난다.

완만한 포물선 형태의 목소리를 만들기 위해서는 첫 음을 낮게 잡으면서 강세를 둬야 한다. 그렇다고 목을 누르면서 소리 내서는 안 된다. 목을 누르지 않으면서 편안하게 나오는 저음으로 소리 내야 한다. 톤을 낮추는 게 어렵다면, 고개를 도장 찍듯 밑으로 떨어트렸다 올리면서 첫 번째 글자를 소리 내 보자. 음이 자연스럽게 떨어질 것이다. 연습을 통해 첫 음을 감 잡았다면, 그때부턴 고개를 떨어트리지 않고 정면을 바라보며 연습하자.

의미 덩어리의 첫 번째 음절마다 강세를 두며 낮은음으로 소리 낸다면 포물선 형태의 소리가 자연스럽게 만들어질 것이다.

두 번째는 문장을 의미 덩어리(의미 단위)로 나눠 말하는 것이다. 의미 덩어리는 말 그대로 의미가 잘 전달될 수 있도록 나눈 덩어리를 말한다. 예를 들어, '말투를 교정하고 싶어서 수업에 참여했습니다.'라는 문장을 살펴보자. 글을 쓸 때는 '말투를 ∨ 교정하고 ∨ 싶어서 ∨ 수업에 ∨ 참여했습니다.' 총 5개의 부분으로 나누어진다. 그런데 글을 쓸 때처럼 나눠 말하면 작은 단위로 계속 끊겨 부자연스럽다.

자연스럽게 말하기 위해서는 의미 덩어리로 나눠 말하면 된다. 정답이 있는 건 아니지만 의미가 제대로 전달되게끔 나눠야 한다. 앞선 문장은 '말투를 교정하고 싶어서 ∨ 수업에 참여했습니다.' 총 2개의 의미 덩어리로 나눌 수 있다. 그리고 각 의미 덩어리의 첫음절은 강세를 두며 낮은음으로 소리 내야 한다.

세 번째는 ∨(포즈)와 /(슬래시)를 표시하는 것이다. 문장을 의미 덩어리로 나눌 때는 ∨ 표시를 한다. 이것을 포즈(pause)라고 한다. 포즈는 '멈춤'을 뜻한다. ∨가 표시된 구간에서는 말을 잠깐 멈추자. 참고로 강조하려는 부분의 첫 글자 앞에 포즈 표시를 하기도 한다.

반면 문장이 끝날 때 또는 긴 문장 사이에 있는 연결어미(-서, -고, -며 등) 다음에는 / 표시를 한다. /는 슬래시(slash)라고 한다. / 표시에서는 호흡을 해야 한다. 복식호흡에서 배운 것처럼 입과 코로 숨을 마셔야 한다. 숨을 마시지 않고 말하면 점점 속도가 빨라지거나 끝 음이 들리지 않을 수 있다.

이 세 가지를 기억하며, 똑 부러진 말투를 배워 보자.

똑 부러지게 말하기 위해 피해야 할 말투

똑 부러지게 말하기 위해서는 전문적이고 똑똑해 보이는 말투와 밝고 경쾌한 말투를 자유롭게 구사할 줄 알아야 한다. 하지만 그보다 먼저 이미지에 좋지 않은 말투는 피해야 한다. 평소 "말투가 아이 같다."라는 이야기를 들어 본 적이 있다면, 다음 두 가지 말투를 주의하자.

첫 번째는 끝맺지 못하고 말끝을 흐리는 말투다. 보통 부정적인 상황에서 눈치를 볼 때 말끝을 흐리는 사람들이 많다. 예컨대, "고객사로부터 온 메일 확인해서 잘 처리했어요?"라는 상사의 말에 부정적인 답변을 해야 할 경우 눈치를 보며 말끝을 흐리기 쉽다. "메일이 온 건 확인했는데… 오늘 오전에 미팅이 있어서 아직…" 목소리가 끝으로 갈수록 작아져 더욱 자신감이 없어 보인다.

상대방은 자신감 없이 말하는 사람을 신뢰하기 어렵다. 상대에게 신뢰감을 주면서 똑 부러지게 말하고 싶다면 끝맺음을 잘해야 한다. "메일이 온 건 확인했는데요. 오전에 미팅이 있어서 아직 처리하지 못했습니다. 지금 바로 처리하겠습니다." 문장의 끝음절까지 확실히 들리도록 말하자.

두 번째는 말끝을 길게 늘이면서 말하는 것이다. 특히

아이 같은 말투로 고민인 여성 수강생들의 말투를 분석해 보면 말끝을 길게 늘인다는 특징이 있다. 말끝을 길게 늘이면 미성숙해 보인다. "말투를 교정하고 싶어서어~~ 수업에 참여했어요오~~" 말투에서 어린아이 같다는 느낌이 든다.

스피치 수업에 참여했던 30대 여성 수강생도 어린아이 같은 말투 때문에 고민이 많았다. 거래처 직원으로부터 말투가 아이 같다는 이야기를 들은 후 비즈니스 대화를 할 때면 위축된다고 했다. 그녀 또한 습관처럼 말끝을 길게 늘이며 말했다. "선생니임~~ 지난번 수업 내용 중에에 ~~~ 궁금한 게 있는데요오~~~" 하지만 말끝을 깔끔하게 끊는 훈련을 한 후로는 더 이상 거래처 직원들로부터 말투가 어린애 같다는 말을 듣지 않는다고 한다.

말투가 어려 보이면 똑 부러지는 이미지를 만들기 어렵다. 말끝을 길게 늘이는 습관이 있다면 깔끔하게 끊어 말하는 연습을 하자.

전문적이고 똑똑하게 말하기

전문적인 이미지, 상대에게 신뢰감을 줄 수 있는 이미

지를 만들고 싶다면 끝음절을 길게 끌지 말고, 끊어 내리는 연습을 하자.

나는 20대 때 아나운서 학원에 다녔다. 당시 뉴스 원고를 읽으면서 가장 많이 했던 연습은 끝 음을 끊어 내리는 것이었다. 대부분의 사람이 끝음절을 올려 말하기 때문에 끝 음을 내려 말하는 게 어색할 수 있다. 그러나 어색함을 이기고 연습해 나간다면 자연스럽게 말투가 교정될 것이다.

끝 음 내리기가 잘되지 않는다면 손가락을 활용하자. 손가락으로 완만한 포물선을 그리며 말하다가, 끝음절에서 손가락을 밑으로 떨어트리며 소리 내자. 끝 음을 내려 말하기에 도움이 될 것이다.

다음 문장으로 연습해 보자. 의미 덩어리의 첫음절은 강세를 두며 낮은음으로 소리 낸다. 밑줄 친 부분에서 음이 올라가지 않도록 끊어 내리며 말해 보자.

▶ 밑줄 친 글자의 음을 끊어 내리면서 읽어 보자.

올해 수출액은 / 201억 5천700만 달러로 V 지난해 같은 기간과 비교해 V 16.4% 늘었습니다. /
품목 중에는 V 반도체와 자동차 수출이 / 지난해 같은 기간보다 V 21.3% 늘었습니다. /
화장품과 가전제품의 수출도 V 지난해보다 V 각각 2.1%[퍼센트], V 0.3% 증가했습니다. /

[발음 확인하기]

(1) 올해 수출액은
    [올해 수추래근]

(2) 201억 5천700만 달러로
    [이배기럭 오천칠뱅만 달러로]

(3) 16.4% 늘었습니다
    [심뉵쩜사 퍼센트 느런씀니다]

(4) 21.3% 늘었습니다
    [이시빌쩜삼 퍼센트 느런씀니다]

(5) 가전제품의 수출도

　[가전제푸메 수출도]

(6) 2.1%, 0.3% 증가했습니다

　[이쩌밀 퍼센트, 영쩜삼 퍼센트 증가핸씀니다]

[참고하기]

▶ 우리가 일상에서 흔히 사용하는 6개의 단위로 만든 연습
문장이다. 각 단위를 정확하게 발음해 보자.

1. 지난 1년 동안 5cm가 자랐습니다.
→ 지난 1년 동안 5센티미터가 자랐습니다.

2. 선생님이 종이를 0.8mm 단위로 잘랐습니다.
→ 선생님이 종이를 0.8밀리미터 단위로 잘랐습니다.

3. 저녁에 먹을 고기 700g을 샀습니다.
→ 저녁에 먹을 고기 700그램을 샀습니다.

4. 한 달 만에 3kg이나 감량했습니다.
→ 한 달 만에 3킬로그램이나 감량했습니다.

5. 100% 환불됩니다.

→ 100퍼센트 환불됩니다.

6. 10㎖ 단위로 3번 복용하세요.

→ 10밀리리터 단위로 3번 복용하세요.

밝고 경쾌하게 말하기

평소 호감 가는 이미지를 연상했을 때 어떤 느낌을 주는 사람들이 떠오르는가? 일반적으로 밝고 경쾌한 느낌을 주는 사람, 친절한 사람들이 떠오를 것이다.

나는 강의할 때마다 "강사님 목소리가 청량하게 들려요.", "강사님 목소리가 유쾌하게 들려요."라는 말을 종종 듣는다. 내가 이런 이야기를 들을 수 있었던 이유는 미소를 지으며 말했기 때문이다.

'미소 지으며 말하기'는 목소리를 밝고 경쾌하게 만드는 가장 쉬운 방법이다. 더불어 친절한 이미지까지 만들 수 있다. 하지만 평소 표정근육이 굳어 있다면 미소 지으며 말하는 것이 쉽지 않을 것이다. 자연스러운 미소가 나올 수 있도록 거울을 보며 표정 연습부터 하자.

먼저 '후' 소리를 내 보자. '후'를 발음할 때는 입술을 앞으로 쭉 내민다. 그리고 빠르게 '히'라고 소리 내자. 입꼬리가 올라가며 윗니가 잘 보여야 한다. 이때 눈도 같이 웃으면 좋다. 눈으로는 정색한 채 입으로만 웃는다면 가식적인 느낌을 줄 수 있다. 눈과 입을 동시에 움직여 미소를 지어 보자.

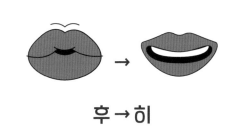

후 → 히

입 모양을 빠르게 바꾸며 미소를 짓는다. 이때 눈도 같이 웃어 보자.

미소 지은 표정과 함께 끝음절을 살짝 올리며 말해 보자. 여기서 중요한 점은 끝 음이 완만하게 올라가야 한다는 것이다. '도'에서 '솔'로 급격하게 올라가면 안 된다. '도'에서 '레' 정도로 음을 소폭 올린다고 생각하자. 항상 음을 내리고 올릴 때는 완만한 경사를 만들어야 한다.

음을 올릴 때도 손가락을 활용할 수 있다. 끝음절에서 손가락으로 부드럽게 상승 곡선을 만들며 말해 보자.

단, 끝 음을 올리되 끌지 말자. 그래야 깔끔하게 들린다. 말끝을 끌면 똑 부러지는 이미지와는 멀어진다.

다음 예시는 글쓰기 모임에서 '콩나물'이란 주제로 내가 직접 작성한 글이다. 밝고 경쾌한 말투를 연습하기 좋다. 미소를 짓고, 끝음절을 살짝 올리면서 다음 문장을 읽어 보자.

▶ 밑줄 친 글자의 음을 부드럽게 올리면서 읽어 보자.

이번 꽃샘추위가 지나고 나면 V 본격적으로 봄기운을 만끽할 수 있다고 하는데요. /
그런데 이렇게 기온이 올라가게 되면 / 우리 몸은 긴장이 풀리면서 V 춘곤증을 느끼게 되죠. /
그래서 춘곤증을 해소하기 위해 V 면역력과 원기 회복에 도움이 되는 V 음식을 먹기도 하는데요. /

그중 우리가 쉽게 구입할 수 있고 V 다양한 요리에 활용할 수 있는 채소에는 V 콩나물이 있습니다. /
콩나물의 머리 부분은 V 3대 영양소가 풍부하고요. /
몸통은 V 비타민B가 풍부해 V 피로 해소에 효과적이라고 합니다. /
오늘은 이렇게 몸에 좋은 콩나물을 알리고자, / 콩나물 데이 행사를 개최한 V 대한콩나물협회 대표님을 모시고 V 인터뷰 진행하겠습니다. /

[발음 확인하기]

(1) 이번 꽃샘추위가 지나고 나면
    [이번 꼳쌤추위가 지나고 나면]
(2) 본격적으로 봄기운을 만끽할 수 있다고 하는데요
    [본껵쩌그로 봄끼우늘 만끼칼 쑤 읻따고 하는데요]
(3) 그런데 이렇게 기온이 올라가게 되면
    [그런데 이러케 기오니 올라가게 되면]
(4) 춘곤증을 느끼게 되죠
    [춘곤쯩을 느끼게 되죠]

(5) 면역력과 원기 회복에 도움이 되는

  [며녕녁꽈 원기 회보게 도우미 되는]

(6) 그중 우리가 쉽게 구입할 수 있고

  [그중 우리가 쉽께 구이팔 쑤 읻꼬]

(7) 활용할 수 있는 채소에는

  [화룡할 쑤 인는 채소에는]

(8) 콩나물의 머리 부분은

  [콩나무레 머리 부부는]

(9) 피로 해소에 효과적이라고 합니다

  [피로 해소에 효과저기라고 함니다]

(10) 오늘은 이렇게 몸에 좋은 콩나물을 알리고자

  [오느른 이러케 모메 조은 콩나무를 알리고자]

(11) 대한콩나물협회 대표님을 모시고

  [대한콩나물혀푀 대표니믈 모시고]

(12) 인터뷰 진행하겠습니다

  [인터뷰 진행하겓씀니다]

말투 교정에는 새도잉 연습이 효과적이다. 영어 공부를
할 때 미국 드라마, CNN 등의 프로그램을 보며 한 문장씩 따라 해 본 적이 있을 것이다. 이것을 섀도잉이라고 한다. 나는 뉴스 진행자의 말투, 기상 캐스터의 말투를 반복해 들으며 섀도잉 연습을 했다.

전문적이고 똑똑해 보이는 말투를 연습하고자 하면 방송사 홈페이지의 뉴스 영상을 활용해 보자. 앵커의 멘트를 잘 들은 후 한 문장씩 따라 말하는 것이다. 밝고 경쾌한 말투를 연습할 때는 기상 캐스터나 리포터의 말투를 따라 하면 좋다. 처음에는 하나의 영상으로 반복해 연습하고, 섀도잉이 익숙해진 후에는 다양한 영상을 활용해 연습해 보자.

5.
목소리 교정 훈련만큼 중요한
목소리 관리

나는 어렸을 땐 비염으로 병원에 자주 다녔고, 성인이 돼선 환절기에 인후염으로 고생한 적이 많다.

한번은 인후염이 있는 상태로 화상 강의를 해야 했다. 수업 일정을 미룰 수 없어 스카프를 두르고 강의를 시작했다. 말할 때마다 목이 따끔거려서 목소리가 잘 나오지 않을까 봐 걱정했다. 그러나 걱정이 무색하게도 평소 호흡, 발성 연습을 꾸준히 해 왔기에, 수강생들은 나의 목 상태를 전혀 눈치채지 못했다. 그리고 강의를 순조롭게 마칠 수 있었다.

하지만 나는 이런 경험을 할 때마다 목소리 관리에 더욱 신경 쓰는 편이다. 목소리 교정 훈련만큼이나 목소리 관리가 중요하다는 것을 알기 때문이다.

컨디션 관리부터 하자

목소리를 관리할 때 제일 중요하게 생각하는 것은 '컨디션 관리'다. 스피치 강사의 목소리 관리법이라고 하면 뭔가 특별한 노하우가 있지 않을까 생각할 수 있다. 그러나 그 어떤 특별한 노하우보다 강조하고 싶은 것이 컨디션 관리다. 컨디션이 좋지 않은 날의 목소리와 평소 목소리를 비교해 들어 본 적이 있는가. 차이가 분명 느껴질 것이다. 컨디션이 좋지 않으면 목소리에서 티가 난다. 목소리도 몸의 일부다. 몸의 에너지가 바닥이라면 목소리가 제대로 나올 수 있다.

컨디션 관리라고 해서 어렵게 생각할 필요는 없다. 몸이 피로하거나 목이 안 좋은 날에는 충분한 휴식을 취하면 된다.

나는 컨디션이 좋지 않을 때 평소보다 수면 시간을 늘려 몸을 최대한 쉬게 한다. 변경할 수 있는 일정은 연기하고, 컨디션을 올리는 데 집중한다. 평소보다 일찍 자려고 노력하고, 낮잠을 잘 수 있는 환경을 만들기도 한다. 수면 시간을 늘리면 컨디션 회복이 빨라지는 것을 경험했기 때문이다.

만약 수면 시간을 늘리기 어려운 상황이라면, 중간중간 휴식 시간을 갖자. 조용한 공간에서 몸의 힘을 뺀 편안한 자세로 복식호흡을 하자. 이때 눈을 감고 몸에 들어오는 자극을 최소화하는 것이 좋다. 불필요한 에너지 소비를 줄여 몸을 쉬게 만들자.

보통 때는 체력을 키우기 위해 적절한 운동을 한다. 나는 운동을 그다지 좋아하지 않는다. 하지만 체력을 키우는 것이 발성에 도움이 된다는 것을 알기에 꾸준히 하려 노력한다. 스트레칭을 기본으로 유산소 운동과 근력운동을 틈틈이 하는 편이다. 특히 집필을 하는 요즘처럼 오래 앉아 있어야 하는 경우, 폼롤러를 활용해 뭉쳐 있는 근육을 자주 풀어 준다. 몸이 잘못된 자세로 굳으면 목소리에도 좋지 않기 때문이다. 또, 주 1~2회 정도는 온라인 운동 강의를 보며 근력 운동을 한다. 다른 곳보다도 코어 근육(몸의 중심부에 위치한 근육)에 신경 쓰는 편이다.

가끔 발성 훈련을 할 때 허리가 아프다고 말하는 수강생들이 있다. 코어 근육이 약해 배에 살짝만 힘을 줘도 힘든 것이다. 이런 경우에는 코어 운동으로 근력을 키우는 것이 좋다. 요즘에는 유튜브에 '코어 운동'이라고 검색만 해도 유료 강의 못지않은 콘텐츠가 많다.

잠기는 목소리, 역류성 후두염을 의심하자

복식호흡으로 말하는데도 목소리가 잠기고 갈라지는 경험을 한 적이 있다. 그렇다고 목이 아프거나 감기에 걸린 것도 아니었다. '피곤해서 그런가 보다, 쉬면 괜찮겠지.' 생각했는데 며칠이 지나도 목소리는 계속 갈라지고 헛기침까지 나왔다.

아픈 증상이 없었지만, 목소리 변화의 원인을 찾기 위해 이비인후과에 갔다. '역류성 후두염'이라는 진단을 받았다. 위산이 역류해 생긴 염증이다. 위산이 역류해 식도 점막에 염증이 생기면 역류성 식도염이고, 후두에 염증이 생기면 역류성 후두염이라 한다. 치료를 위해 위산분비억제제를 처방받았다. 의사는 약 복용만큼이나 평소 생활습관이 중요하다고 했다.

맵고 자극적인 음식은 피하고 카페인 음료는 가급적 마시지 않아야 한다. 또한, 음식을 먹은 후 바로 누우면 안된다. 최소 3~4시간 정도 소화를 시킨 뒤에 누워야 한다.

역류성 후두염일 경우 목에 이물감이 느껴지기도 하고 마른기침을 하는 사람들도 있다. 이런 증상이 있다면 이비인후과에 방문하자. 나는 '역류성 후두염' 진단을 받은 후로 목소리에 미세한 변화가 생기면 즉시 병원을 찾는 습관이 생겼다. 스스로 판단하는 것보다 이비인후과에서 정확한 진단을 받는 것이 지혜로운 목소리 관리법이라 생각하기 때문이다.

목을 촉촉하게 유지하자

나는 매일 아침 일어나자마자 양치를 한 후 미지근한 물 한 잔을 마신다. 건조해져 있는 목을 촉촉하게 만들기 위함이다. 컴퓨터 업무를 할 땐 녹차라테를 즐겨 마시는데, 이때도 500ml 컵에 물을 가득 담아 틈틈이 마신다. 녹차에 든 카페인 성분이 목을 건조하게 만들기 때문에 중간중간 물을 자주 마시는 편이다.

커피나 녹차 등 카페인이 함유된 음료는 마시지 않는 게 좋지만, 현대인들의 필수품을 끊으라고 말하고 싶지는 않다. 대신 카페인 음료를 마실 때 물을 같이 마시자. 한번에 많은 양의 물을 마시는 것보다 목이 건조해지지 않을 정도로 적당량의 물을 자주 마시는 것이 좋다.

요즘에는 '물 마시기' 앱도 있어 평소 물을 잘 안 마시는 사람은 앱을 활용하는 것도 방법이다. 마시는 물의 양과 시간 알림까지 해 준다고 하니 앱을 이용하면 간편하게 목의 건조함을 해결할 수 있다.

목에 염증이 있는 경우에는 목의 건조함이 더해진다. 그래서 평소보다 물을 많이 마시게 되지만, 금방 다시 건조해진다. 이럴 때는 캔디류를 입안에 넣고, 침이 계속 고이게 만드는 것이 도움이 된다. 특히 프로폴리스는 항염, 항균 작용을 한다고 알려져서, 나는 목의 건조함이 심할 때 프로폴리스 캔디를 애용하는 편이다. 프로폴리스 캔디를 입에 물고 침을 계속 만들어 삼키면 건조함이 더해지는 것을 막을 수 있다.

스카프로 목을 따뜻하게 보호하자

최근 강의가 끝난 뒤 한 수강생이 다가와 목소리 관리법에 대해 질문했다. "강사님, 제가 지금 목감기에 걸렸는데요. 혹시 특별한 관리법이 있을까요? 목을 따뜻하게 하는 게 좋다고 해서 따뜻한 음료를 계속 마시고 있긴 해요." 나는 수강생에게 감기가 나을 때까지 목에 스카프를 두르라고 말했다.

20대 때 성우 수업에 참여한 적이 있다. 항상 목에 스카프를 두른 성우의 모습이 아직도 기억에 남는다. 당시에는 '스카프가 목소리 관리에 도움이 될까? 정말 효과가 있을까?'라고 의심했다. 그런데 팬데믹 시기, 스카프의 효과를 몸소 체험한 후로는 목이 아플 때마다 스카프를 목에 두른다.

스카프를 두르면 따뜻한 음료를 마신 것처럼 목을 따뜻하게 보호할 수 있다. 스카프를 두르지 않았을 때와 비교해 회복도 빠르다.

겨울철에는 스카프 대신 이너 폴라티를 즐겨 입는다. 스카프를 두르지 않아도 목을 따뜻하게 보호할 수 있다. 쫀쫀한 소재의 일반 폴라티는 답답하게 느껴져서 잘 입지 않는다. 그러나 이너 폴라티는 소재가 얇아서 답답함이 덜하다. 이너 폴라티를 입은 후 니트나 원피스를 착용하면 스타일링하기도 좋다.

Chapter 2

긴장감을 설렘으로 바꾸는
발표 준비

1.
발표에 대한
마음가짐부터 바꾸자

    스피치 수업에 참여한 수강생 대부분은 '나는 발표를 잘 못 한다.'고 말한다. 하지만 그들의 발표를 직접 들어 보면 못한다는 생각이 전혀 들지 않는다. 한 수강생은 발표를 마친 다른 수강생들에게 "다들 왜 이렇게 말을 잘해요? 다들 잘하시니까 제가 너무 비교될 것 같아요."라고 말하기도 했다. 그런데 이런 말을 했던 수강생조차 준비한 내용을 끝까지 잘 전달했다.

    '잘한 발표'에 대한 기준을 처음부터 너무 높게 잡지 말자. 준비한 내용을 100% 다 말하지 못했어도 스피치의 핵심 메시지가 청중에게 제대로 전달됐다면, 그 발표는 잘한 것이다.

    다수의 사람은 화려한 언변, 좌중을 압도하는 아우라, 논리적이고 군더더기 없는 말솜씨, 정확한 발음, 긴장감이 느껴지지 않는 여유로운 자세 등이 조화롭게 이뤄진 발표를 '잘한 발표'라고 생각한다. 물론 이런 기준을 지향하며 스피치 훈련을 하는 건 좋다. 그러나 처음부터 '잘한 발표'의 기준을 너무 높게 잡으면 스스로를 과소평가하게 된다. 그러면 발표는 마냥 어렵고 힘든 일로 남을 것이다.

발표를 잘하고 싶다면, 자신의 스피치 역량을 낮게 평가하지 말자. 방법을 배우고 연습하면, 누구나 발표를 잘할 수 있다. 처음부터 발표를 잘하는 사람은 드물다. '나도 발표를 잘할 수 있다.'는 마음가짐으로 방법을 하나씩 익혀 나가자.

스피치 코칭을 하다 보면, 수강생들의 스피치 실력이 확 느는 지점이 있다. 바로 수강생이 자신의 변화를 직접 느낄 때다. '발음이 좋아진 것 같아요.', '깔끔하게 말을 잘한 것 같아요.', '예전에는 횡설수설 말했는데요. 요즘에는 말을 제법 조리 있게 하는 것 같아요.' 스피치를 잘할 수 있다고 생각하는 순간, 발표는 재밌어진다. 그리고 더 이상 발표가 두렵다는 생각이 안 든다. '나도 잘할 수 있다!'고 믿게 됐기 때문이다.

마인드가 지닌 힘은 생각보다 크다. 무언가를 배울 때 어떤 마음가짐을 갖느냐에 따라 배움의 속도가 다르다.

지금부터는 스스로를 믿자. 그리고 이 책에서 제시하는 내용을 반복 연습하자.

"당신도 떨지 않고 똑 부러지게 말할 수 있다!"

2
발표 원고를
작성하자

"발표 준비를 잘한 것 같은데, 막상 사람들 앞에 서면 머릿속이 하얘져요. 연습할 때는 분명 내용을 다 외웠거든요. 근데 발표만 하면 중간중간 할 말이 생각나지 않는 거예요. 한번은 말을 버벅거리다 발표를 망쳤어요. 그 이후론 발표해야 할 자리가 있으면 자꾸 피하게 돼요."

'발표만 하면 머릿속이 하얘져요.', '말할 내용이 갑자기 생각나지 않아요.' 스피치 수업에서 수강생들이 가장 많이 하는 말이다. 이런 고민을 토로하는 수강생들은 내용을 숙지하는 과정이 잘못된 경우가 많다. 주제에 맞춰 말할 내용을 잘 구성했어도, 정작 내용을 숙지하는 과정은 미흡하다.

통상적으로 이런 특징의 수강생들은 두 부류로 나눌 수 있다. 첫 번째 부류의 수강생들은 발표할 내용을 처음부터 끝까지 작성한 후 달달 외운다. 두 번째 부류의 수강생들은 머릿속으로 말할 내용을 대강 생각하거나, 준비하면 오히려 떨린다는 이유로 즉흥 스피치를 선호한다.

첫 번째 부류의 수강생들은 발표 도중 한 글자가 생각나지 않으면, 그다음 내용까지 버벅거릴 가능성이 높다. 접속사가 생각나지 않아서 당황해하는 수강생들도 꽤 있었다. 글자 그대로 외웠기 때문이다. 원고에 적힌 내용과 똑같이 말하려고 해서 그렇다. 이들의 또 다른 특징은 책을 읽는 것처럼 딱딱한 말투로 말한다는 것이다. 그래서 발표가 부자연스럽다.

두 번째 부류의 수강생들은 장황하게 말한다. 말이 길어지다 보니 '내가 무슨 말을 하는 거지?'라는 생각이 들면서 더욱 긴장한다. 스피치의 전체 흐름을 숙지하지 못했기 때문이다. 물론 머릿속으로 스피치 얼개를 능숙하게 짤 수 있다면 충분히 발표를 잘할 수 있는 부류이기도 하다. 하지만 발표 실력을 향상해야 하는 사람이라면 좀 더 세밀하게 내용을 숙지하는 과정이 필요하다.

나는 수강생들에게 발표 원고를 작성하길 권한다. 발표 원고를 쓰면 스피치의 전반적인 흐름을 파악하기 쉽다. 발표 분량을 점검하는 데도 도움이 된다.

당연히 발표 원고를 작성하기 전에는 무슨 말을 어떤 순서로 말할 것인지 기획해야 한다. 내용 기획은 설계도를 그리는 작업과 유사하다. 이런 작업을 머릿속으로만 생각하는 건 한계가 있기에 종이에 키워드로 나열해 시각화하는 것이 좋다. 책의 세부적인 내용을 작성하기 전에 목차를 만드는 것과 같다. 그리고 난 후에는 발표 원고를 작성하자. 다음 세 가지를 참고한다면, 자연스러우면서도 똑 부러진 스피치를 할 수 있다.

입말투와 요죠체를 사용하자

발표 긴장감이 높은 사람들은 딱딱하게 발표할 때가 많다. 딱딱한 발표란 다음과 같은 형태를 말한다. "안녕하십니까. 발표자 김지혜입니다. 오늘 제가 발표하려는 주제는 ○○○입니다. 집중해서 들어 주시기를 바랍니다." 마치 낭독하는 것처럼 말한다.

이야기하듯 자연스럽게 발표하려면 '입말투'를 사용해야 한다. 입말투는 우리가 일상생활 속에서 말할 때 쓰는 말투다. 발표 불안이 심한 다수의 수강생은 글을 쓸 때 사용하는 말투로 원고를 작성한 후, 그대로 읽거나 외워서 말한다. 그러다 보니 발표가 딱딱하고 부자연스럽게 느껴진다.

발표 원고를 쓸 때 입말투를 사용하자. 입말투의 대표적인 특징은 생략하거나 줄여서 말한다는 것이다. 예를 들어, '하였습니다, 되었습니다'는 글을 쓸 때 사용하는 말투다. 이를 '했습니다, 됐습니다'로 말해야 자연스럽다. 대화할 때를 생각해 보자. "강사님, 지난주 과제를 하였습니다."라고 말하지 않는다. 이건 글을 쓸 때 사용하는 말투다. "강사님, 지난주 과제 했어요."처럼 줄여서 말한다. 마찬가지로 "주말에 영화를 보았어."라고 말하지 않는다. "주말에 영화 봤어."라고 줄여 말한다.

이름 마지막 글자에 받침이 없는 경우에도 줄여서 말할 수 있다. 나는 강의 시작 전, "스피치 강사 김지헵니다."라고 나를 소개한다. "김지혜입니다."라고 말하지 않는다. 내 이름 마지막 글자에 받침이 없기에 줄여서 말하는 것이다. 이렇게 평소 이야기할 때 사용하는 말투, 입말투를 사용해 발표 원고를 작성하면 스피치에서 자연스러움이 드러난다.

또한, '요죠체'를 적절하게 사용해야 한다. 수강생들의 발표를 들었을 때, 딱딱하다고 생각했던 스피치는 한결같이 문장이 '-다'로만 끝났다. '-다', '-까'로 끝나는 말투를 '다까체'라고 한다. 물론, 문장의 끝을 '-다'로만 끝낸다고 해서 잘못된 발표는 아니다. 다까체를 적절히 사용하면 전문적인 느낌을 줄 수 있다. 하지만 문장의 끝이 다까체로만 끝나는 발표는 거리감이 느껴진다. 또, 발표자가 긴장한 것처럼 보인다.

요죠체를 적절히 섞어 말하면 발표가 훨씬 자연스럽고 친근감 있게 느껴진다. '-했어요.', '-예요.', '-하죠.' 등 문장 끝이 '-요'나 '-죠'로 끝나는 말투가 '요죠체'다. "점심 먹었어요?", "지금 퇴근해요."와 같이 우리가 문자나 메신저로 상대와 대화할 때 흔히 사용하는 말투를 생각하면 이해하기 쉽다.

발표 원고를 쓸 때 입말투와 요죠체를 사용하는 것이 어렵다면, 말하면서 원고를 작성하자. 소리를 내며 원고를 쓰는 것이다. 소리 나는 대로 원고를 쓰면 자연스럽게 입말투와 요죠체를 적용할 수 있다.

다음은 내가 스피치 강의를 했을 때, 말한 내용의 일부다. 문장을 소리 내 읽어 보자. '입말투'와 '요죠체'를 사용해서 자연스럽게 들릴 것이다.

"방법을 듣고 이해하는 **걸로**('것으로'를 줄여서 말했다) 끝나면 목소리는 교정되지 **않아요.**
몸으로 익혀야 **해요.**
우리가 처음 컴퓨터 키보드 쳤을 **땔**('때를'을 줄여서 말했다) 생각해 **볼게요.**
손가락과 키보드에 적힌 글자가 **일치하는지**(조사가 생략됐다) 확인하면서 키보드를 **쳤죠?**
처음엔('처음에는'을 줄여서 말했다) 의식하면서 연습해야 하지만 연습을 반복하다 보면 **나중엔**('나중에는'을 줄여서 말했다) 의식하지 않아도 키보드를 잘 칠 수 있게 **돼요.**('되어요'를 줄여서 말했다, '-요'로 끝났다)
복식호흡도 몸으로 익혀야 합니다."

두 번째 예시도 소리 내 읽어 보자. '예시 1'과 확연히 대조된다. '입말투'와 '요죠체'를 사용한 '예시 1'과 비교해 딱딱하게 들릴 것이다.

[예시 2]

"방법을 듣고 이해하는 것으로 끝나면, 목소리는 교정되지 않습니다.

몸으로 익혀야 합니다.

우리가 처음 컴퓨터 키보드 쳤을 때를 생각해 보겠습니다.

손가락과 키보드에 적힌 글자가 일치하는지를 확인하면서 키보드를 치지 않았습니까?

처음에는 의식하면서 연습해야 하지만 연습을 반복하다 보면 나중에는 의식하지 않아도 키보드를 잘 칠 수 있게 됩니다.

복식호흡도 몸으로 익혀야 합니다."

문장의 길이를 줄이자

나는 어린 시절 웅변 학원, 글짓기 학원에 다니며 '나의 말하기, 글쓰기'에 대해 교정받을 기회가 많았다. 성인이 된 지금 참 감사하게 생각하는 부분이다. 당시 글짓기 수업에선 내가 글을 쓰면 강사가 빨간색 펜으로 어색한 문장을 교정해 줬다. 그리고 왜 이렇게 수정해야 하는지 피드백을 줬다.

성인이 된 후에도 글쓰기 수업에 참여한 적이 있다. 마찬가지로 강사는 수강생의 글을 교정한 후 피드백을 줬다. 내가 쓴 글뿐 아니라 다른 수강생이 쓴 글에 대한 피드백까지 들을 수 있었다. 그때마다 강사는 "쉽게 쓰세요.", "간결하게 쓰세요."라고 강조했다.

어렸을 때는 꾸밈말이 많고 어려운 단어를 곳곳에 배치해야 멋있는 글이라고 생각했었다. 그러나 강사의 말이 맞았다. 교정해 준 글을 읽으면 훨씬 잘 읽혔다.

나는 독서량이 평균 이상이라고 자부한다. 그런 나도 긴 문장을 만나면, 다시 첫 글자부터 읽는 경우가 비일비재하다. 제대로 이해했는지 확인하기 위해서다. 글을 읽을 때도 이런데 말을 들을 땐 오죽할까.

말은 글과 달리 휘발성이 있다. 글은 이해가 안 되면 다시 읽을 수 있지만, 말은 거듭 듣기 어렵다. 특히 대중 스피치에서는 더욱 그렇다. 그래서 화자는 청중을 배려하는 차원으로 전달력을 높이는 데 집중해야 한다.

전달력을 높이려면 문장을 간결하게 만들어야 한다. 문장이 길면 청중은 화자가 전하고자 하는 메시지를 정확하게 이해하기 어렵다. 주어와 서술어가 맞지 않는 경우도 생긴다. 호흡을 제대로 하지 못해 말도 빨라진다. '음~', '어~', '이제~', '저~'와 같은 습관어가 불쑥불쑥 튀어나오기도 한다. 그래서 우리는 문장을 줄여 말하는 연습을 해야 한다.

문장을 간결하게 만들기 위해 '-고', '-서', '-며', '-데'와 같은 연결어미를 줄이고, '-요', '-다' 등을 붙여 문장을 끝맺자. 그렇다고 연결어미를 전혀 사용하지 말라는 건 아니다. 문장을 최대한 간결하게 만드는 것이 좋지만, 한 문장에 1~2개 정도의 연결어미를 사용하는 건 괜찮다.

긴 문장을 짧게 만들었는데 문장 간 연결이 어색하다면 적합한 접속사를 집어넣자. 하지만 연결이 자연스럽다면 굳이 접속사를 사용하지 않아도 된다.

평소 장황하게 말하는 사람이라면, 문장을 줄여 말하는 게 어려울 수 있다. 우선 글쓰기로 연습해 보자. 시각화할 수 있어 효과적이다.

다음 예시 문장을 간결하게 만들어 보자. 그리고 각 예시의 '참조하기'를 확인한 후 소리 내 읽어 보자. ('참조하기'와 똑같지 않다고 해서 틀린 건 아니다. 예시의 긴 문장을 줄인 후 읽어 봤을 때 연결이 자연스러우면 된다)

"저는 지난 1년 동안 매일 발성 연습을 해서, 작은 목소리를 지금처럼 크게 만들 수 있었고, 목소리가 커지니 사람들과 대화할 때 자신감이 생겼고, 요즘엔 저녁마다 낭독 연습을 하고 있어요."

[연습하기 1]

[참조하기 1]

"저는 지난 1년 동안 매일 발성 연습을 했습니다.
그래서 작은 목소리를 지금처럼 크게 만들 수 있었죠.
목소리가 커지니 사람들과 대화할 때 자신감이 생기더라고요.
요즘엔 저녁마다 낭독 연습을 하고 있어요."

▶ 한 개의 긴 문장을 네 개의 짧은 문장으로 나눴다.
▶ 문장 간 자연스러운 연결을 위해 접속사 '그래서'를 넣었다.

[예시 2]

"제 취미는 독서고, 예전엔 심리학 책을 많이 읽었는데, 요즘 스피치 공부를 하면서 스피치와 관련된 책을 읽는데, 스피치 책을 읽으면서 강의 내용도 복습할 수 있어 좋더라고요."

[연습하기 2]

[참조하기 2]

"제 취미는 독서예요.
예전엔 심리학 책을 많이 읽었는데요.

> 요즘 스피치 공부를 하고 있거든요.
>
> 그래서 스피치와 관련된 책을 주로 읽고 있어요.
>
> 스피치 책을 읽으면서 강의 내용도 복습할 수 있어 좋더라고요."

말버릇은 의식해야 교정할 수 있다. 주저리주저리 말하는 버릇이 있다면 더욱 신경 써서 말해 보자. 새로운 습관이 몸에 배기까지는 일정한 시간과 노력이 필요하다. 깔끔하게 스피치를 하고 싶다면 평상시에도 문장을 간결하게 말해 보자.

두괄식으로 구성하자

스피치 수업에 참여한 50대 남성 수강생은 발표 도중 자꾸 다른 이야기가 생각나서 옆길로 샌다고 했다. 문제는 주제와 관련 없는 이야기로 빠지면 준비한 내용을 어디서부터 다시 말해야 할지 갈피를 못 잡는다는 것이었다. 그렇게 횡설수설 발표를 하고 나면 망쳤다는 생각으로 긴장감이 더욱 커진다고 했다.

똑 부러지고 조리 있게 말하고 싶다면 두괄식으로 말하는 연습을 하자. '두괄식으로 말하기'는 중심 내용을 먼저 말하는 표현 형태다.

반대말로는 미괄식이 있다. 미괄식은 중심 내용을 마지막에 말한다. 가령, "취미가 뭐예요?"라는 질문을 받았을 때, 미괄식으로 답한다면 다음과 같다.

> "저는 원래 내성적인 성향이라 혼자 넷플릭스 보는 걸 즐겼는데요. 운동을 시작하면서 활동적인 취미를 갖게 됐어요.
> 특히 동호회 사람들과 탁구 치는 게 즐거워서요. 요즘엔 일주일에 한 번씩 탁구를 치면서 취미 생활을 즐기고 있어요."

미괄식으로 답한 내용을 살펴보면 먼저 부연 설명을 한후, 마지막에 결론(취미는 탁구)을 말했다. 같은 질문을 두괄식으로 답하면 다음과 같다.

> "제 취미는 탁구예요. 요즘 동호회 사람들과 탁구 치는 게 즐거워서, 일주일에 한 번씩은 꼭 탁구를 쳐요.
> 원래는 내성적인 성향이라 혼자 넷플릭스 보는 걸 즐겼는데요. 운동을 시작하면서 활동적인 취미를 갖게 됐어요."

질문에 대한 핵심 답변(취미는 탁구) 즉, 결론을 먼저 말했다. 이렇게 결론을 먼저 말하는 것을 '두괄식 말하기'라고 한다.

물론, 미괄식으로 말하기가 필요한 상황도 있다. 하지만 평소 "무슨 말을 하는 건지 잘 모르겠어요.", "그래서 하고 싶은 말이 뭐예요?"와 같은 이야기를 자주 듣는다면, 두괄식으로 말하는 연습을 하자. 두괄식으로 표현하면 더욱 똑 부러지게 말할 수 있다.

두괄식 표현 중 간결하고 명확하게 말하는 데 효과적인 기법 한 가지를 알아보겠다. 이는 영국의 전 총리였던 윈스턴 처칠이 즐겨 사용했고, 세계적인 컨설팅 기업 맥킨지에서 자주 사용하는 기법으로 알려져 있다. 이 기법을 잘 익혀 두면 다양한 상황에서 설득력 있게 말할 수 있다.

중심 내용(결론) → 이유 → 예시 → 중심 내용

먼저 중심 내용을 제시한다. 다시 말해, 결론을 먼저 제시하는 것이다. 그리고 난 후 중심 내용(결론)에 대한 이유를 말한다. 이유를 말한 후에는 그 이유를 지지하는 예시를 든다. 직접 경험한 사례를 들어도 좋고, 객관적인 자료를 제시해도 좋다. 마지막으로 앞에서 말했던 중심 내용을 한 번 더 언급해서 각인시킨다.

이렇게 조리 있게 말할 수 있는 구성법을 한 가지라도 익혀 두면 유용하게 쓸 수 있다. 단, 능숙하게 사용하려면 반복 연습이 필요하다. 다음 세 가지 예시를 소리 내 읽으며 익숙해질 수 있도록 연습해 보자.

[예시 1]

상사가 연말 워크숍 장소를 알아봤는지 물어보는 상황이다.

중심 내용(결론) : 이번 연말 워크숍 장소로 남양주에 있는 ○○펜션을 제안합니다.

이유 : ○○펜션에는 100명 이상의 인원을 수용할 수 있는 대규모 강당이 있기 때문입니다.

예시 : 지난 워크숍 땐 강당 규모가 작아서 오전 조, 오후 조로 나눠 팀워크 프로그램을 진행해야 했습니다. 모든 팀원이 함께 프로그램에 참여할 수 없었는데요. ○○펜션에는 대규모 강당이 있어서 전체 팀원이 함께 프로그램에 참여할 수 있습니다.

중심 내용 : 그래서 올해 워크숍은 ○○펜션에서 진행하면 좋을 것 같습니다.

▶ 문장 간 자연스러운 연결을 위해 접속사를 사용할 수 있다. 대표적으로 '이유'를 말할 때는 '왜냐하면'이란 접속사를 사용할 수 있고, '예시'를 말할 때는 '예를 들어, 예를 들면' 등을 쓸 수 있다. 단, 문장 간 연결이 자연스럽다면 굳이 접속사를 사용할 필요가 없다.
▶ '예시 1'에서는 '그래서'를 사용했다.

[예시 2]

일상에서 대화하는 상황이다.

중심 내용(결론) : 저는 티키타카가 잘되는(대화가 잘 통하는) 사람이 좋아요.
이유 : 대화가 잘 통하면 같이 있는 시간이 즐겁더라고요.
예시 : 지난달에 남성 두 분과 소개팅했는데요. 첫 번째 분은 매너는 참 좋으셨는데, 대화가 중간중간 끊기더라고요. 티키타카가 안 되니까 30분이 2시간 같았어요. 근데 두 번째 분과는 정말 시간 가는 줄 모르고 즐겁게 대화했거든요. 대화하는

게 즐거우니까 헤어지기 싫더라고요.

중심 내용 : 확실히 저는 대화가 통하는 사람이랑 잘 맞아요.

[예시 3]

'발표 불안을 줄이는 방법'이란 주제로 스피치를 하는 상황이다. 스피치 분량을 늘리고 싶다면 예시를 좀 더 자세하게 말하자.

중심 내용(결론) : 발표 불안을 줄이기 위해선 이미지 리허설을 해야 합니다.

이유 : 왜냐하면 이미지 리허설을 통해 간접경험을 할 수 있기 때문이에요.

예시 : 저는 지난해 직장인 스피치 대회를 준비하면서 5일 동안 매일 3번씩 이미지 리허설을 했습니다. 모든 과정을 구체적으로 상상했고요. 성공적으로 발표하는 모습을 그렸습니다. 그렇게 연습 기간 내내 이미지 리허설을 반복했더니, 실전에서 긴장하지 않고 끝까지 발표를 잘할 수 있었고요. 직장인 스피치 대회에서 1등을 했습니다.

중심 내용 : 이런 경험을 통해 발표 불안을 줄이려면 이미지 리허설을 반드시 해야 한다고 생각합니다.

3.
키워드 원고를
만들자

"원고에 쓴 내용을 글자 그대로 외우지 말고, 스피치 흐름을 머릿속에 집어넣으세요."

소위 발표를 잘한다는 사람들이 공통으로 하는 말이다. 작성한 발표 원고 자체를 그대로 외우려 해서는 안 된다. 발표 경험이 많은 사람들은 내용을 기획하고 원고를 쓰는 과정에서, 원고를 여러 번 소리 내 읽는 과정에서 자연스럽게 '스피치 흐름'을 숙지한다.

만약 발표 원고를 작성한 후, 자꾸 글자 그대로 외우려 한다면 키워드 원고를 만들어 연습하자. 키워드 원고로 연습하면 작성한 내용을 외우지 않고도 내용을 숙지할 수 있다. 키워드 원고는 키워드로만 구성된 원고를 말한다. 스피치 흐름 순으로 키워드를 나열한 것이다.

우리는 발표 원고를 쓰기 전, 어떤 내용을 어떤 순으로 말할 것인지 스피치의 전체 흐름을 생각한다. 그리고 이를 시각화하기 위해 키워드로 나열한다. 이 단계에서 배열한 키워드를 '상위 키워드'라고 하겠다. 키워드 원고를 만들 때는 상위 키워드 옆에 하위 키워드를 순차적으로 나열하면 된다.

'상위어, 하위어'라는 말을 들어 봤을 것이다. 상위어는 하위어를 포괄하는 말이다. 이를테면, 채소는 상위어, 시금치는 하위어다. 이와 같이, 좀 더 넓은 범위 즉, 스피치의 전체 흐름을 나타내는 키워드를 '상위 키워드', 세부적인 내용을 나타내는 키워드를 '하위 키워드'라고 하겠다. 키워드 원고를 만들 때 상위 키워드와 하위 키워드로 나눠 작성하면 내용을 숙지하기에 편익하다. (1분 정도의 짧은 스피치를 한다면, 하위 키워드만 나열해도 내용을 쉽게 숙지할 수 있다)

'발표 불안'이란 주제로 스피치를 한다고 가정해 보자. 먼저, 머릿속의 아이디어를 정돈하여 스피치의 흐름을 잡아야 한다. 가령, '발표 불안 정의 → 발표 불안 원인 → 발표 불안 증상 → 발표 불안 증상 완화법' 순으로 스피치를 한다고 치자. 이 키워드들은 스피치의 큰 흐름을 보여 주는 상위 키워드가 된다.

계획 단계를 거친 후에는 흐름에 맞춰 서술 형태의 발표 원고를 작성한다. 그리고 난 후 원고를 읽으면서, 내용을 기억하는 데 도움이 될 키워드를 뽑는다. 이 키워드가 하위 키워드다. 하위 키워드는 발표 원고를 소리 내 읽으면서 뽑는 것이 좋다. 키워드라고 해서 꼭 단어일 필요는 없다. 문장을 간략하게 줄인 표현도 괜찮다. 처음 키워드 원고를 만든다면, 하나의 문장에서 1~2개 정도의 키워드를 뽑는다.

한 문장에서 키워드를 2개까지 뽑았는데도 연결해 말하기 어렵다면 추가로 키워드를 뽑을 수 있다. 단, 너무 많은 키워드를 뽑으면 연습 시간이 그만큼 늘어난다는 점을 기억하자. 그러니 키워드를 뽑을 때 '내용이 잘 생각날 수 있는' 키워드를 뽑아야 한다. 다음 예시의 키워드 원고를 참고하자.

[예시 1]

"발표할 때 목소리가 떨린다면, 복식호흡 발성을 해야 합니다. 긴장을 하면 호흡이 얕아지는데요. 그러면 목에 힘이 들어가고, 떨리는 소리가 나게 됩니다.

이때 복식호흡 발성을 하게 되면 목에 힘이 덜 들어가고요. 소리를 안정적으로 낼 수 있습니다."

[키워드 원고 1]

목소리 떨림, 복식호흡 발성 /
호흡 얕아짐 / 목에 힘, 떨리는 소리 /
목에 힘 덜 들어감 / 안정적인 소리

▶ 문장 단위로 /를 표시했다. 처음 키워드 원고를 만들 때, 문장 단위로 키워드를 분류하면 말하기 용이하다.

'두괄식으로 구성하자'의 세 번째 예시로 키워드 원고를 만들었다. 스피치 흐름 순으로 각각의 하위 키워드를 순서대로 나열했다.

[예시 2]

중심 내용(결론) : 발표 불안을 줄이기 위해선 이미지 리허설을 해야 합니다.

이유 : 왜냐하면 이미지 리허설을 통해 간접경험을 할 수 있기 때문이에요.

예시 : 저는 지난해 직장인 스피치 대회를 준비하면서 5일 동안 매일 3번씩 이미지 리허설을 했습니다. 모든 과정을 구체적으로 상상했고요. 성공적으로 발표하는 모습을 그렸습니다. 그렇게 연습 기간 내내 이미지 리허설을 반복했더니, 실전에서 긴장하지 않고 끝까지 발표를 잘할 수 있었고요. 직장인 스피치 대회에서 1등을 했습니다.

중심 내용 : 이런 경험을 통해 발표 불안을 줄이려면 이미지 리허설을 반드시 해야 한다고 생각합니다.

[키워드 원고 2]

중심 내용(결론) : 발표 불안↓, 이미지 리허설

이유 : 간접경험

예시 : 직장인 스피치 대회, 5일 3번씩 이미지 리허설 /
구체적으로 상상 / 성공적, 발표 모습 / 이미지 리허설 반복,

> 실전 긴장X / 1등
>
> 중심 내용 : 이미지 리허설 반드시 해야 함

어떤 키워드를 뽑아야 하는지, 정답이 따로 있진 않다. 키워드를 보며 문장을 말할 수 있으면 된다. 이렇게 하위 키워드까지 나열하면 키워드 원고가 완성된다. 키워드 원고를 만든 후에는 나열된 키워드를 연결하며 말해 보자. 이때도 소리 내 연습해야 한다. 연습할 때마다 표현이 다채로워질 것이다.

연습을 반복하다 보면 '이 키워드는 지워도 괜찮겠는걸?' 하는 생각이 들 것이다. 그런 하위 키워드는 지운다. 그렇게 하위 키워드의 수를 줄여 가면서 연습한다. 나중에는 상위 키워드만 보고도 막힘없이 말할 수 있다.

상위 키워드만으로도 발표 내용을 말할 수 있다면, 과감히 키워드 원고를 치우자. 키워드 원고가 없어도 전체 내용을 잘 말할 수 있다.

처음에는 이런 과정이 번거롭게 느껴지고 시간도 오래 걸릴 것이다. 하지만 연습을 반복하다 보면 나중에는 점점 시간이 단축된다.

키워드 원고는 발표 내용을 달달 외우지 않고도 내용을 숙지할 수 있는 효과적인 방법이다. 또한, 표현력까지 기를 수 있으니 키워드 원고를 만들어 연습해 보자.

[키워드 원고로 내용 숙지하기]

1. 빈 종이에 상위 키워드를 순서대로(스피치 흐름 순으로) 적는다. 상위 키워드는 세로로 나열한다.
2. 발표 원고를 읽으면서 하위 키워드를 뽑는다.
3. 각 상위 키워드에 해당하는 하위 키워드를 나열한다. 상위 키워드 밑에 하위 키워드를 나열하거나, 상위 키워드 옆에 : 표시를 한 후 하위 키워드를 적으면, 상위 키워드와 하위 키워드를 구분하기 쉽다.
4. 하위 키워드를 연결하면서 발표 내용을 말해 본다.
5. 하위 키워드 수를 줄여 가며 연습한다.
6. 상위 키워드만 보면서 말해 본다.
7. 키워드 원고 없이 전체 내용을 말해 본다.

다음 그림은 키워드 원고의 일부다. 키워드 원고를 만

드는 데 정해진 답안이 따로 있는 건 아니다. 앞의 설명을 참고해서, 내용을 잘 숙지할 수 있는 나만의 키워드 원고를 만들어 보자.

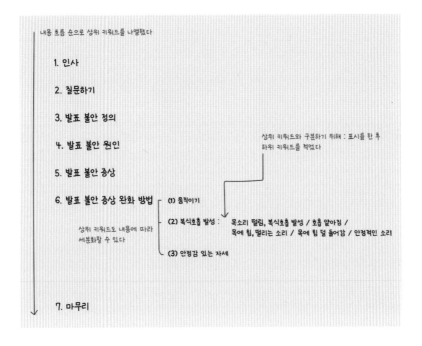

4.
예상 질문에 대한
답변까지 준비하자

질의응답 준비 과정

발표를 마무리하기 전, 보통 질의응답 시간을 갖는다. 질의응답 시간을 통해 청중은 발표 내용 중 이해하지 못한 부분, 궁금한 부분을 해소하려 한다.

질의응답 시간을 어떻게 대응하는지에 따라 발표 결과가 달라질 수 있다. 그렇기에 우리는 질의응답 시간까지 철저하게 준비해야 한다. 특히 질의응답 시간에 유독 긴장감이 높은 사람이라면 더욱 신경 써서 준비하자.

최근 스피치 수업에 참여한 B 씨도 질의응답 시간만 되면 유난히 긴장해서 횡설수설한다고 했다. "발표는 준비한 대로 잘하는데요. 질의응답 시간만 되면 어떤 질문이 나올지 모르니까 너무 긴장돼요. 머릿속이 하얘져서 무슨 말을 해야 할지 모르겠다니까요." 나는 B 씨에게 발표를 어떻게 준비했는지, 전반적인 과정을 말해 달라고 했다. 역시나 예상 질문과 답변을 준비하는 과정이 생략됐다.

발표 준비를 할 때는 질의응답까지 고려해야 한다. 예상 질문과 답변까지 꼼꼼하게 대비해야 만족스러운 성과를 낼 수 있다.

발표할 내용을 살펴보며 청중의 입장에서 궁금할 수 있는 점을 생각나는 대로 나열해 보자. 스스로 예상 질문을 뽑는 데 어려움을 느낀다면 주변 사람들의 도움을 받는 것도 좋다. 지인들 앞에서 리허설해 본 후 질문을 받는 것이다. 또는 발표 자료를 보여 주면서 궁금한 부분을 말해 달라고 요청해 보자. 가능한 많은 질문을 수집하는 것이 좋다. 실제 질의응답 시간에 나올 모든 질문을 예상하는 건 불가능하다. 하지만 최대한 질문을 많이 수집해 세밀하게 준비한다면 질의응답 시간에 대처하기 수월해진다.

우리가 면접 준비할 때를 생각해 보자. 면접관의 입장에서 물어볼 수 있는 질문을 모두 적어 본 다음 답변을 준비하지 않는가. 물론 준비하지 못한 질문을 받을 수도 있다. 그러나 준비했던 질문이 나올 확률이 더 높다. 면접을 준비하는 것과 같이 발표 질의응답도 대비해야 한다.

예상 질문을 나열한 후에는 답변을 적어 보자. 발표 원고를 쓸 때처럼 소리 내며 답변지를 만들자.

답변을 연습할 때는 포스트잇을 활용하면 좋다. 면접 코칭을 할 때 수강생들에게 알려 준 방법이기도 하다. 포스트잇에는 예상 질문만 적는다. 그리고 한쪽 벽면에 질문이 적힌 포스트잇을 마구잡이로 붙인 후 한 개씩 떼어 내며 답변 연습을 한다. 청중에게 말한다고 생각하면서 포스트잇에 적힌 질문에 답해 보자.

주변 사람들의 도움을 받을 수 있다면, 실전 스피치처럼 질의응답 리허설을 해 보는 것이 좋다. 피드백까지 받을 수 있기 때문이다.

연습하다 보면 답변이 자연스럽게 나오지 않는 질문이 있을 것이다. 그럴 땐 녹음기를 활용하자. 질문과 답변을 함께 녹음한 후, 여러 번 들으면서 능숙하게 답할 수 있을 때까지 연습해야 한다.

질의응답 대처법

발표자는 질의응답 시간까지 리드해야 한다. 어떻게 해야 할지 모르겠다면, 소위 국민 MC라 불리는 진행자들이

토크쇼를 진행하는 모습을 관찰하자. 힌트를 얻을 수 있다. 대표적으로 눈에 띄는 특징은 경청하는 자세다. 발표자도 질의응답 시간을 리드하기 위해선 청중의 말에 집중하는 자세가 필요하다.

경청한다는 것을 보여 주려면 질문자와 눈을 맞추고, 고개를 끄덕이는 등의 적합한 리액션을 해야 한다. 하지만 과도한 리액션은 오히려 역효과를 낼 수 있다. 간혹 '네네, 맞아요, 그렇죠.'라고 모든 문장에 추임새를 넣듯 말하거나 손뼉을 치며 고개를 끊임없이 끄덕이는 사람들이 있다. 지나친 리액션은 피하자. 질문자와 눈을 맞추고 1~2번 정도 고개를 끄덕여도 충분하다.

답변할 때는 질문 내용을 끝까지 듣고, 1초 정도 간격을 둔 뒤에 말하자. 질문이 끝나기도 전에 성급하게 답하는 실수를 범하지 말아야 한다.

또한, 답변하기에 앞서 질문자에게 감사함을 표현하는 것이 좋다. 질문을 한다는 건 청중이 나의 발표에 관심을 두고, 굉장한 용기를 낸 것이다. 경험해 본 사람들은 알 수 있다. 스스로 손을 들고 질문하는 게 얼마나 용기가 필요한 일인지 말이다. 그러니 "질문 감사합니다.", "다른 분들도 궁금해하실 것 같은데요."라고 감사함을 표현하자. 중요한 질문을 받았을 때는 "좋은 질문입니다."라고 호의적으로 대응하는 것도 좋다.

답변할 때는 다른 청중에게도 시선을 주며 말해야 한다. 질문하지는 않았지만, 답변을 궁금해하는 청중이 있을 수 있다. 또, 비슷한 질문을 하려 했던 청중도 있을 수 있다. 따라서 모든 청중에게 말한다는 생각으로 시선을 분배하자.

질문을 받았다면, 모든 청중이 질문을 분명하게 들었는지 확인하는 과정이 필요하다. 질문이 복잡하거나, 소리가 잘 들리지 않아 제대로 듣지 못한 청중이 있을 수 있다. 그래서 답변하기 전에, 질문을 요약정리해 말하는 것이 좋다. "질문하신 내용이 ~가 맞나요?", "~에 대한 질문이 맞나요?", "~에 대해 질문해 주셨는데요."라고 확인한 다음 대답하자.

답을 한 후에는 질문자가 답변을 정확하게 이해했는지도 살펴봐야 한다. 내가 강의할 때마다 질의응답 시간에 꼭 거치는 단계이기도 하다. 눈썹을 약간 들어 올리고 고개를 아래로 살짝 내렸다 올리면서 "답변이 도움 되셨나요?"라고 물어본다. 그러면 질문자의 궁금증이 어느 정도 해소됐는지 알 수 있다.

질의응답 시간에는 청중과 좀 더 가깝게 소통할 수 있다. 예상 질문에 대한 답변뿐 아니라 질문받을 때의 자세, 대처법까지도 연습하자. 질의응답 시간을 적극적으로 리드하면 매력적인 발표자가 될 수 있다.

5.
객관적으로
스피치를 점검하자

떨지 않고 똑 부러지게 말하고 싶다면, 반드시 객관적으로 자신의 스피치를 점검해 봐야 한다. 그러기 위해 리허설은 필수다. 발표 불안으로 수업에 참여했던 수강생 대다수는 리허설을 제대로 하지 않거나 여건이 되지 않는다는 이유로 리허설 없이 실전에 돌입한다고 했다. 리허설 없이는 당연히 만족스러운 스피치를 할 수 없다. 성공적으로 스피치를 하기 위해선 리허설은 꼭 필요한 과정이다.

기업 강사로 입사해 첫 강의를 앞두고, 일주일 동안 리허설에 몰두했던 적이 있다. 선배가 "그만 연습해도 되지 않아?"라고 말할 정도로 반복해 리허설을 했다. 리허설은 실전에서 실수하지 않기 위해 내가 할 수 있던 최선의 방법이었다. 입사 후, 수십 명의 청중들 앞에서 처음 하는 강의였기에 긴장감이 컸지만, 리허설을 반복할수록 긴장감은 기대감과 설렘으로 바뀌었다. 그리고 첫 강의를 성공적으로 마칠 수 있었다.

리허설을 어떻게 해야 할지 모르겠다면 다음 방법을 참고하자. 내가 직접 실행했던 방법이고, 스피치 수업에서 사용한 방법이기도 하다. 내용을 숙지하는 과정에 대해선 앞에서 언급했기에 생략하겠다. 기억이 나지 않는다면, '챕터 2-2, 2-3'의 내용을 다시 읽어 보자. 내용을 숙지하지 않으면, 다른 요소를 점검할 여유가 생기지 않는다. 그러므로 리허설을 하기 전에 필히 내용 숙지를 완수하자.

내용을 숙지했다면, 먼저 거울 앞에서 리허설을 하자. 온라인 화상 스피치가 아니라면 대부분 선 자세로 발표할 것이다. 그래서 리허설할 때도 전신 거울 앞에 서서 하는 것이 좋다. 거울 속 나를 청중이라 생각하고 눈을 맞추며 소리 내 연습하자. 이때 손짓, 표정, 자세 등도 확인해야 한다. (비언어적 요소에 대한 설명은 '챕터 3'에서 확인할 수 있다)

나는 거울 리허설을 할 때마다 표정에 집중하는 편이다. 일반적으로 긴장을 하면 표정에서 티가 나기 때문에 미소 지으며 말하는 연습에 열중한다. 표정에서부터 여유로움이 느껴질 수 있도록 하기 위함이다.

거울 리허설을 하다 보면 버벅거리는 부분이 있을 수 있다. 이런 부분은 자연스럽게 나올 때까지 따로 연습하자. 시험공부할 때 예상 문제를 전체적으로 푼 다음 틀린 문제만 따로 정리해 본 적이 있을 것이다. 틀렸던 문제를 다시 푸는 과정에서 시험 대비를 철저히 할 수 있다. 마찬가지로 실전 스피치를 성공적으로 해내려면 매끄럽지 못한 부분만 따로 반복 연습하는 것이 좋다.

거울 리허설을 한 후에는 카메라 리허설을 하자. 나는 카메라 리허설을 할 때 스마트폰을 활용한다. 스마트폰을 이용하면 캠코더가 없더라도 쉽게 촬영하고, 모니터링까지 할 수 있다.

정면에 세팅해 놓은 스마트폰을 청중이라고 생각하자. 스마트폰을 기준으로 오른쪽과 왼쪽에도 청중이 있다고 생각하며 시선을 분배하자. 이때 스티커를 활용하면 좋다. 스마트폰이 놓인 자리를 기준으로 오른쪽 벽면과 왼쪽 벽면에 스티커를 붙이면 시선 이동 연습에 효과적이다. 청소년들을 대상으로 발표 수업을 했을 때 사용했던 방법이다. 스티커 대신 다양한 표정의 이미지를 출력해 붙여도 좋다. 또는 배치된 소품이나 가구를 청중이라 생각하고 연습해도 좋다.

스마트폰(또는 캠코더)에만 시선을 고정한 채 연습하지 말자. 청중 앞에서 발표한다는 생각으로 시선을 이동시키며 연습하자. 표정과 자세, 제스처도 실전 스피치처럼 연출해 보자.

카메라 리허설을 할 때는 시간도 측정해야 한다. 시간이 너무 부족하거나 남지 않도록 하자. 정해진 시간에 맞춰 발표를 끝낼 수 있도록 말해 보자. 처음에는 어려울 수 있다. 하지만 반복해 연습하다 보면 정해진 시간에 맞춰 발표를 끝낼 수 있게 된다.

카메라로 촬영을 한 후에는 모니터링까지 해야 한다. 모니터링을 하면 객관적으로 자신의 스피치를 점검할 수 있어 개선해야 할 점이 쉽게 파악된다. 스피치 수업에서도 수강생들의 발표를 녹화한 후 같이 모니터링한다. 그러면 수강생들이 본인의 발표를 직접 볼 수 있기 때문에 강사의 피드백을 이해하는 속도가 빨라지고 부족한 부분을 보완하기도 수월해진다.

40대 여성 수강생은 발표하면서, 습관적으로 고개를 옆으로 돌렸다. 발표가 끝난 후 고개 움직임에 대해 피드백했지만, 수강생은 정말 본인이 그렇게 행동했는지, 믿지 못하는 표정이었다. 그래서 녹화된 모습을 보여 줬더니

그제야 무의식적으로 나온 행동을 인지하고 놀라워했다. 모니터링을 통해 본인의 모습을 객관적으로 점검하게 된 것이다. 그리고 그녀는 고개를 옆으로 돌리는 움직임을 줄일 수 있었다.

스피치 전문가나 지인들에게 피드백을 받을 수 없다면, 스스로 모니터링을 하자. 처음에는 화면 속 나의 모습이 낯설어 피하고 싶을 것이다. 하지만 모니터링을 해야 스피치 실력이 는다. 모니터링을 하고 안 하고의 차이는 크다. 모니터링은 나의 모습을 객관적으로 점검할 수 있는 최고의 방법임을 기억하자.

목소리나 발표 내용을 집중적으로 점검하고 싶다면 녹음기를 사용하자. 녹음기를 활용하면 발표 내용의 전개나 논리성을 검토하는 데 용이할 뿐 아니라 말투, 발음 등 목소리를 집중적으로 점검할 수 있다.

카메라 리허설을 충분히 했다면, 현장에 직접 방문해 리허설해 보는 것이 좋다. 특히 긴장감이 높은 사람일수록 현장 리허설을 하는 것이 실전 발표에 매우 도움이 된다. 발표할 무대에 올라 소리를 크게 내며 실전 스피치처럼 연습하자. 현장 리허설을 하면 무대에 자연스럽게 적응돼서 발표 당일 긴장도를 낮출 수 있다.

현장 리허설을 할 수 없는 상황이라면 이미지 리허설을 하자. 이미지 리허설은 공간, 시간 제약을 받지 않기에 누구나 쉽게 할 수 있다. 성공적으로 발표하는 나의 모습을 구체적이고 생생하게 머릿속으로 그리면 된다. 편안한 자세로 눈을 감고 행하면 시각적 자극을 차단할 수 있어 이미지 리허설에 집중하기 좋다. 발표 자세, 손과 다리의 움직임, 여유로운 표정 등을 생각하며 발표할 내용을 입속 말하는 것도 좋다. 강의 전날, 내가 자주 하는 리허설이기도 하다.

또한, 이미지 리허설을 할 때는 발생할 수 있는 문제에 대한 대응책까지 생각해 봐야 한다. 대학교에서 강의하기 일주일 전, 담당자에게 화이트보드를 요청했다. 그러나 막상 현장에 도착하니 화이트보드가 준비돼 있지 않았다. 강의가 시작되기까지 30분 정도 남은 상황이었다. 담당자는 당황해하며 분주하게 화이트보드를 찾으러 다녔지만 구하지 못했다. 다행히도 사전에 '화이트보드가 없을 땐 어떻게 진행할 것인지' 생각해 봤기에 강의는 원활히 마칠 수 있었다.

물론, 모든 변수를 예상할 수는 없다. 그렇기에 현장에서 바로 대응하기 어려울 것 같은 상황에 집중하며 해결책을 생각해 보는 것이 좋다. 시청각 자료를 활용해 발표한다면, USB나 노트북이 작동하지 않을 때, 프레젠터(포인터)를 사용하기 어려울 때, 스피커에 문제가 있을 때 등의 대응책을 생각해 볼 수 있다.

발표 당일에는 최소 30분 전에 도착해 현장 점검을 해야 한다. 무대 동선을 파악하고, 마이크를 사용할 수 있는지, 마이크가 있다면 유선인지 무선인지 등을 살펴본다. 조명 밝기, 좌석 배치 등도 꼼꼼하게 점검해야 당황스러운 일을 예방할 수 있다. 특히 컴퓨터, 프레젠터(포인터) 등 기기를 사용해야 하는 경우라면 사전에 작동법을 확인하고, 작동이 잘되는지도 점검해야 한다.

시청각 자료를 활용해 발표하는 경우, 발표 자료를 최소 두 군데 이상 저장해 놓자. USB와 메일, 클라우드 등 두 군데 이상에 자료를 저장해 놓으면, 노트북이나 USB에 문제가 발생하더라도 예비용 자료를 활용해 원활하게 스피치를 할 수 있다. 나도 강의하기 전, UBS와 메일, 두 군데에 자료를 저장해 놓는다. 혹시라도 USB가 연결되지 않을 때를 대비하기 위해서다.

지금까지 거울 리허설, 카메라 리허설과 모니터링, 현장 리허설, 이미지 리허설, 현장 점검에 대해 알아봤다. 이

렇게까지 리허설을 많이 해야 하냐고 물을 수 있다. 그러
나 만족스러운 스피치를 하려면, 이 정도의 시간과 노력
은 투자해야 한다. 리허설을 한 번으로 끝낸다는 생각은
버리자. 특히 중요한 스피치라면 더욱 리허설을 많이 해
야 한다. 리허설은 내가 전달하고자 하는 바를 막힘없이
구사할 수 있을 때까지 여러 번 해야 한다. 처음에는 리허
설 시간이 오래 걸릴 수 있지만, 발표 경험이 쌓이다 보면
적은 횟수의 리허설로도 똑 부러지게 스피치를 잘할 수
있다.

Chapter 3

매력적인 발표자가 되기 위한 실전 스피치

1.

몸을
움직여야 한다

강사가 된 지 얼마 되지 않았을 때의 일이다. 좀 더 공부하고 싶은 분야가 있어 강사양성과정 수업에 참여했다. 담당 강사는 으레 있는 일처럼 수강생들에게 자기소개를 시켰다. 자신을 강사로서 어필할 수 있는 하나의 문장을 만들어 자기소개를 하도록 했다.

강사를 양성하는 과정이라 수강생 중 실제 강의를 하는 사람은 몇 없었다. 그래서인지 당시 강사로 활동 중인 내가 자기소개를 하려는 순간, 담당 강사를 비롯한 다수의 수강생이 기대감에 가득 찬 눈으로 나를 바라봤다. 예상하지 못한 스포트라이트를 갑자기 받자, 다리가 떨리기 시작했다. 다행히 아무도 눈치채지 못한 상황이었다. 하지만 이대로 계속 말하다간 누군가 알아챌 수 있겠다고 생각했다. 입으론 자기소개를 하면서 머릿속으론 어떤 조

처를 해야겠다고 판단했다.

　그때 내가 사용한 방법은 '움직이는 것'이었다. 오른쪽 사선 앞으로 한 걸음 내디디며 자기소개를 이어 갔다. 다리를 움직일 때 손도 함께 움직여 자연스러움을 더했다. 말을 이어 가며 이번에는 왼쪽 사선으로 이동했다. 움직이며 말하다 보니 어느새 다리의 떨림이 사라졌다. 다리가 안정된 이후에는 아무 일 없었던 것처럼 여유롭게 자기소개를 마칠 수 있었다. 그리고 자기소개가 끝날 때까지 그 누구도 내 다리의 떨림을 알아채지 못했다.

　발표할 때 손과 다리가 떨려서 더욱 긴장된다고 말하는 수강생들이 적잖이 있다. 파르르 떨리는 손을 꽉 잡고 말했다는 수강생, 다리를 떨지 않으려 힘을 준 채 말했다는 수강생 등. 손과 다리가 떨리는 순간, 몸에 힘을 주며 더욱 경직된 자세를 만들어 버린다. 그런데 아이러니하게도 떨지 않으려고 힘을 줄수록 손과 다리는 더욱 떨린다. 그리고 누군가 이 떨림을 알아채는 찰나 긴장감은 증폭된다.

　발표하는 도중 손과 다리가 떨린다면 몸을 움직이자. 움직여야 안정을 찾을 수 있다.

　스피치 수업을 하다 보면 몸을 전혀 움직이지 않고 얼어 있는 상태로 말하는 수강생들이 의외로 많다. 몸을 움직이지 않으면 스피치는 어색해진다. 청중은 그런 모습을 보고 화자가 긴장하고 있다는 것을 단번에 알 수 있다. 이런 스피치는 좋은 결과를 얻기 힘들다. 자연스러운 스피치를 하기 위해선 몸을 움직여야 한다. 특히 손과 다리를 움직이며 말해 보자.

다리의 움직임

발표할 때 요지부동의 자세로 서 있는 사람들이 있다. 긴장을 해서 몸이 경직된 것이라지만 이럴 때 몸을 움직이지 않으면 긴장감은 더욱 커진다. 그렇다고 분주하게 움직이라는 말은 아니다. 산만해 보여선 안 된다.

다리의 움직임 정도는 무대 공간에 따라 달라진다. 공간이 넓다면 무대 위를 걷는다는 생각으로 움직이는 게 좋다. 질문을 던질 때, 메시지를 강조하고 싶을 때는 청중과의 거리를 좁혀 보자. PPT(파워포인트 자료)를 활용한다면 화면에 가까이 다가가 중요한 내용을 짚어 줄 수도 있다. 필요에 따라 위치를 바꾸면서 청중을 집중시키자. 무대가 협소하다면 몸의 방향을 전환한다는 생각으로 한 걸음 정도만 움직여도 좋다. 한곳에 미동도 없이 서 있지 않으면 된다. 움직여야 긴장감을 줄일 수 있다.

　가끔 다리의 움직임이 어색한 수강생들이 있다. 한쪽 다리는 옮겼지만, 다른 쪽 다리는 발꿈치만 들 뿐이다. 앞 꿈치가 바닥에 고정된 것처럼 제자리다. 그러다 옮겼던 다리를 다시 원위치시킨다. 위치의 변화가 없다. 움직일까 말까 망설이는 것처럼 보인다.

　또 다른 수강생은 매우 조심스럽게 움직인다. 보폭이 작아 소심해 보일 수 있다. 이런 움직임은 시각적으로도 좋지 않고 똑 부러져 보일 수 없다. 보폭을 넓혀 당당하게 움직이자. 걸음걸이가 당당해야 자신감 있어 보인다.

　이동할 때 정해진 패턴은 없다. 다만 발표 시작과 끝부분에선 한쪽으로 치우쳐 서지 않는 게 좋다.

　내가 주로 움직이는 패턴은 다음과 같다. 스피치를 시작할 때는 무대 가운데에 서서 청중을 두루 바라보며 말한다. 위치를 바꿀 땐 먼저 오른쪽 사선으로 이동하는 편이다. 그리고 다시 중앙으로 돌아와 스피치를 이어 나간다. 이번에는 왼쪽 사선으로 이동한다. 오른쪽으로만 이동하면 왼쪽에 있는 청중이 '발표자가 자신에게 소홀하다'고 생각할 수 있다. 스피치 끝부분은 시작할 때와 마찬가지로 중앙에 서서 마무리한다.

물론 무대 공간, 스피치 내용, 분위기, 좌석 배치 등에 따라 동선은 달라진다. 때에 따라 청중에게 좀 더 다가가기도 하고, 왼쪽으로 먼저 움직인 다음 오른쪽으로 이동하기도 한다. 하지만 스피치 시작과 끝부분에선 항상 무대 중앙에 위치하는 편이다.

발표하는 내내 계속 이동하는 건 좋지 않지만, 다리가 떨리는 순간 움직인다면 금세 안정을 찾을 수 있다. 또 분위기 전환이 필요하거나 메시지를 강조할 때 위치를 바꾸면 효과적이다. 발표를 앞두고 있다면 다리의 움직임까지 연습해 보자.

평소 걷는 것처럼 자연스럽게 이동해야 한다. 손도 같이 움직이면 훨씬 자연스럽다. 걸을 때 손을 꼭 쥐고 있거나 몸통에 팔을 딱 붙여 놓는 사람은 없다. 발표할 때도 마찬가지다. 손도 같이 움직이며 이동해야 자연스럽다.

손의 움직임

이번에는 손의 움직임에 대해 살펴보자. 스피치 수업에서 발표를 시키면 긴장감으로 손을 떠는 수강생들이 있다. 떨림이 강해지면 깍지를 껴 꽉 맞잡거나 양손을 번갈

아 가며 주무르기도 한다. 이렇게 긴장감으로 손이 떨릴 때 역시 손을 움직여야 한다.

그렇다면 발표할 때 손을 어떻게 움직여야 좋을까? 손의 움직임 또한 자연스러워야 한다. 손동작이 어색한 경우는 크게 두 가지다.

첫 번째는 말과 손짓이 엇박자일 때다. 스피치에서 손짓은 메시지 전달을 돕고, 중요한 내용을 강조한다. 그렇기에 말과 손짓은 일치해야 한다. 동시에 이뤄져야 한다. 모니터링했을 때 손동작이 한 템포 늦는다면, 손짓이 필요한 부분에서 말보다 1초 내로 먼저 움직이자. 템포가 늦는 것보다 약간 빠른 것이 낫다.

두 번째는 외운 것처럼 손짓할 때다. 계획된 것 같은 손동작은 부자연스럽다. 메시지와 일치된 손짓을 즉각적으로 하듯 보여야 한다. 만약 손동작이 서툴다면, 원고에 어떤 손짓을 할 것인지 표시한 후 자연스럽게 보일 때까지 연습하자. 처음에는 어색할 수 있지만 손짓도 반복 연습하면 체화된다. 그리고 그때부터는 능숙하게 연출할 수 있다.

스피치를 잘하는 사람들의 손짓을 관찰하면, 몇 가지 특징이 있다. 가장 눈에 띄는 특징은 청중에게 손바닥을 자주 보인다는 것이다. 청중을 가리킬 때, 손바닥을 보인 채 팔을 내민다. 손가락으로 지목하지 않는다. 숫자를 셀 때도 손바닥이 청중을 향하게 한다. 가끔 손등을 보이며 숫자를 세는 사람들이 있다. 손가락을 하나씩 접다 보면 자칫 청중을 모욕하는 동작이 될 수 있기에 주의해야 한다.

나도 강의할 때 손바닥이 많이 보이도록 움직이는 편이다. 수업자료를 띄운 화면에서 중요한 단어를 짚을 때, 손바닥이 보이도록 가리킨다. 손바닥이 보이게끔 움직이면 열린 자세가 된다. 손등을 보이는 자세보다 트인 느낌을 줘서 친근하게 느껴진다. 그러니 가급적 청중에게 손바닥을 보여 주자.

또 다른 특징은 손이 몸 안쪽에서 바깥 방향으로 움직인다는 것이다. 위팔을 몸통에 붙인 채 몸 안쪽에서만 손짓하지 않는다. 몸 안쪽에서만 손을 움직이면, 자신감이 없어 보일 뿐 아니라 성의 없게 느껴진다. 그렇다고 웅변할 때처럼 높게 팔을 뻗어 손짓하면 부담스러울 수 있다.

두 팔을 내리뻗은 상태에서 팔꿈치를 45도 정도 접어 보자. 그리고 이번에는 팔꿈치를 완전히 접은 후 손바닥이 바깥쪽을 향하도록 팔을 움직여 보자. 이때 팔에 힘을 주면 않는다. 팔꿈치와 위팔이 자연스럽게 몸통에서 떨어

질 것이다. 일반적으로 이 두 가지 동작 내의 범위에서 손
짓하면 무난하다.

손짓은 분명해야 하지만 손끝까지 잔뜩 힘주지 않는다.
특히 손가락 사이를 벌린 채 손끝까지 힘을 한껏 줘 움직
이면 오히려 긴장한 것처럼 보인다. 손은 곡선 형태로 부
드럽게 움직이는 것이 좋다. 그래야 여유로워 보인다.

손동작을 한 후에는 원위치로 돌아오거나 다른 손짓을
해야 한다. 손짓을 한 후 그 상태 그대로 유지하며 말하거
나, 같은 손짓을 계속 반복하면 스피치는 지루해진다.

긴장하면 쉬지 않고 손을 움직이는 사람도 있는데 손동
작이 너무 과하면 어수선해 보인다. 손짓만 보여 메시지
전달에 방해가 된다. 손을 계속 움직이는 버릇이 있다면
손짓이 필요한 부분만 원고에 표시한 후 연습해 보자. 표
시하지 않은 부분에선 손을 움직이지 않으려고 노력해야
한다. 이렇게 연습하다 보면 손동작을 절제할 수 있다. 물
론 앞서 언급했듯이, 계획된 손짓이라면 자연스럽게 보일
때까지 연습해야 한다.

또한, 사전에 충분히 연습했어도 실전에서 손동작을 잊
어버릴 수 있다. 그럴 때는 그냥 넘어가는 것이 현명하다.
준비한 손짓을 하지 못했다고 당황하지 말자. 청중은 화

자가 어떤 손짓을 준비했는지 알지 못한다.

PPT를 활용해 발표한다면 프레젠터(포인터)를 사용할 것이다. 나도 강의할 때 프레젠터를 사용한다. 프레젠터는 PPT 화면과 먼 손으로 잡는다. 화면과 가까운 손으로는 중요한 단어, 문구를 짚거나 다른 손짓을 하기 위해서다. 만약 화면과 가까운 손으로 프레젠터를 잡고, 화면과 먼 손으로 중요한 문구를 짚는다면 청중에게 등지는 모습을 보이게 된다. 그래서 화면과 먼 손으로 프레젠터를 잡는 것이 좋다.

간혹 프레젠터의 레이저로 중요한 문구나 단어를 가리키는 사람들이 있다. 잘못된 방법은 아니지만 화면에 빛이 반사돼 레이저가 흐릿하게 보일 수 있다. 또, 레이저 표시가 너무 작아서 눈에 띄지 않을 수도 있다. 그래서 나는 손짓을 선호한다. 프레젠터는 자료를 넘기는 용도로만 사용할 뿐이다.

그래도 프레젠터의 레이저를 활용해야겠다면, 이때는 PPT 화면과 가까운 손으로 프레젠터를 잡자. 그리고 중요한 문구나 단어를 가리킬 때는 지그시 버튼을 눌러 레이저의 흔들거림을 줄이자. 또한, 레이저로 여러 번 밑줄을 긋거나 동그라미를 그리는 등의 동작은 피해야 한다.

손짓도 정답이 있는 건 아니다. 메시지가 잘 전달되도록, 내용과 어울리는 손짓을 하면 된다. 다음 문장을 읽어 보면서 밑줄 친 부분에 적절한 손짓을 해 보자.

[연습하기]

1. 제가 오늘 여러분께 알려 드릴 방법은 <u>세 가지입니다.</u>

2. 작년과 비교해 우리 회사의 매출이 <u>증가했습니다.</u>

3. <u>첫 번째 그림과 두 번째 그림을</u> 비교해 볼게요.

4. 여기서는 목소리를 <u>줄여야 합니다.</u>

5. 지금부터 말씀드릴 내용은 <u>꼭</u> 기억하셔야 합니다.

[참고하기]

1. 손바닥이 청중 쪽을 향하게 한 후 세 개의 손가락을 편 채 나머지 두 손가락은 접는다.

2. 양손을 모았다 벌린다.

3. 몸 안쪽에서 바깥 방향으로 한 손씩 움직인다. 이때 손바닥이 하늘을 향하도록 움직여야 한다.

4. 손바닥이 청중 쪽으로 향하게 하고 엄지와 검지가 가까워지도록 움직인다. 나머지 세 손가락은 접는다.

5. 검지만 펴고 강조하듯 손짓한다. 또는 손바닥이 청중을 향하도록 손을 비스듬히 세우며 강조하듯 손짓한다. 이때 손에 힘을 잔뜩 준 채 손가락 사이를 쫙 벌리지 않도록 주의해야 한다.

리허설을 할 때는 손과 다리의 움직임까지 연습해야 한다. 전신 거울 앞에서 연습한 후 스마트폰으로 촬영해 모니터링까지 해 보자.

거울 앞에서 연습할 때는 바로바로 내 모습을 확인할수 있어 어색한 동작을 즉시 교정할 수 있다. 촬영한 모습을 모니터링하면, 습관적으로 행하는 잘못된 동작과 발표자세를 점검할 수 있다. 따라서 중요한 발표를 앞두고 있다면 거울 리허설과 모니터링으로 반드시 움직임을 점검하자.

움직이지 않을 때의 자세와 인사 자세

똑 부러지게 보이고 싶다면 움직이지 않을 때의 모습도 확인해 봐야 한다. 발표 자세가 바른지, 당당하게 보이는지 점검하자. 생각보다 좋지 않은 자세로 발표하는 사람들이 많다.

골반을 한쪽으로 내밀어 짝다리를 짚거나 뒷짐을 지며 말하는 사람, 고개를 삐딱하게 하고 말하는 사람도 있다. 좌우로 몸을 흔들거나 주머니에 손을 넣었다 빼며 말하기도 한다. 피해야 할 자세다.

요즘은 컴퓨터, 스마트폰 사용으로 라운드 숄더(어깨가 말린 자세) 증상이 흔하다. 나도 라운드 숄더를 교정하기 위해 신경 쓰고 있다. 근육통 때문에 물리치료를 받으러 간 날, 치료사가 나의 옆모습을 사진으로 찍어 보여 줬다. 그전까지는 거울을 보며 '어깨를 좀 펴야겠네' 정도로만 생각했었다. 그런데 사진으로 옆모습을 직접 확인하니 교정이 시급하다는 생각이 들었다. 그때부터 틈틈이 폼롤러를 이용해 라운드 숄더 교정 스트레칭을 하고 있다.

먼저 폼롤러로 겨드랑이와 어깨, 목 주변의 근육을 풀어 준다. 근육이 뭉쳐 있을수록 폼롤러의 자극이 강하게 느껴질 것이다. 이번에는 폼롤러를 날개뼈 아래쪽에 가로로 대고, 손깍지로 머리를 받쳐 뒤로 누운다. 30초 정도 유지하면 등이 시원하게 펴지는 느낌을 받을 수 있다.

그다음에는 폼롤러를 세로로 놓고 머리부터 꼬리뼈까지 일직선이 되도록 눕는다. 다리는 무릎을 접어 골반 너비 정도로 벌린다. 양팔은 팔꿈치를 붙여 모았다가 위팔이 바닥에 가까워질 수 있도록 벌린다. 이렇게 두 팔을 모았다 벌리기를 반복하면 안으로 말린 어깨가 열리는 느낌을 받을 수 있다.

만약 내가 라운드 숄더가 있는지 잘 모르겠다면 지인에게 사진이나 동영상으로 옆모습을 찍어 달라고 하자. 사진이나 동영상으로 확인하면 평상시 자세가 어떤지 객관적으로 점검할 수 있다.

라운드 숄더가 있다면, 발표 시작 전부터 가슴과 어깨를 펴려고 노력해야 한다. 발표하기 전부터 청중은 화자의 겉모습을 보기 때문이다. 자세부터 바르게 잡아야 한다.

발표자가 안정된 자세로 말하면 청중의 환심을 사기 쉽다. 양발을 골반 너비보다 약간 좁게 벌리되, 붙이지는 않는다. 두 발을 붙이면 몸의 방향을 바꾸기 힘들 뿐 아니라 자세가 불안정해진다. 불안정한 자세는 발표자를 더욱 긴장하게 만든다.

상체는 어깨의 힘을 빼고 허리를 곧게 편 자세여야 한다. 긴장하면 어깨에 힘이 들어갈 수 있는데, 뻣뻣해 보여서 좋지 않다. 어깨에 자꾸 힘이 들어간다면, 어깨를 귀 쪽까지 끌어올렸다가 한 번에 힘을 풀며 밑으로 확 떨어트리자. 자연스럽게 어깨의 힘이 빠지는 것을 느낄 수 있다.

양손은 살포시 포개 배꼽 쪽에 위치시킨다. 이때 팔꿈치는 몸통에서 바깥 방향으로 벌어져야 한다. 두 손을 꼭 맞잡진 않는다. 손짓하기 어려워지고, 긴장한 것처럼 보일 수 있다. 한 손을 다른 손에 얹는다는 느낌으로 잡으면 된다. 이 자세가 불편하다면 느슨하게 깍지를 껴도 좋다. 양팔을 아래로 내리뻗을 수도 있지만, 이 자세는 손짓하는 데 불편하다. 손이 배꼽 쪽에 위치해야 손동작을 간편하게 할 수 있다.

인사 자세도 중요하다. 오늘 처음 본 발표자라도 인사를 잘하면 호감이 간다. 일상에서 인사를 잘하는 사람에게 더 눈길이 가는 것처럼 말이다. 인사를 잘하고 싶다면, 다음 두 가지를 기억하자.

첫째, 인사는 확실하게 해야 한다. 말로만 인사하고 허리를 숙이지 않거나 고개만 숙이고 바로 발표 내용으로 넘어가서는 안 된다. 인사를 한 듯 만 듯 빠르게 넘어가는 것도 피해야 한다. 말과 몸짓이 확실해야 제대로 된 인사다.

둘째, 말로 먼저 인사를 한 다음 허리를 숙이자. 발표를 시작할 때 모든 청중이 발표자에게 집중하고 있지 않을 수 있다. 발표자를 바라보고 있는 청중이라도 다른 생각을 하고 있을 수 있다. 그렇기에 말로 먼저 인사를 하는 게 좋다. 말로 청중을 집중시킨 다음 허리를 숙여 인사하자. 그러면 모든 청중에게 제대로 인사할 수 있다.

나도 강의를 시작할 때 말로 먼저 인사한다. "안녕하세요, 스피치 강사 김지혭입니다. 반갑습니다."라고 말하며 수강생들의 이목을 끈다. 그리고 난 후 공손하게 허리를 숙여 인사한다. 이렇게 말과 몸짓을 나눠 확실하게 인사하면, 청중의 호감을 얻을 수 있다.

발표자는 차림새도 신경 써야 한다. 차림새 역시 청중

에게 가장 먼저 보이는 겉모습이기 때문이다. 같은 가격의 제품이라면 디자인이 세련된 제품을 구입하려 하고, 같은 요리라도 플레이팅에 따라 값어치를 달리 평가하는 게 사람 심리다.

스피치를 할 때는 정갈하면서도 발표자에게 잘 어울리는 차림새를 해야 한다. 나에게 어울리는 차림새를 찾기 위해선 본인에 대한 관심은 필수다.

나의 경우, 라운드 디자인보다 브이넥 디자인이 잘 어울린다. 파스텔톤의 옷보다 딥한 컬러의 옷이 잘 맞는다. 투피스보다 원피스를 선호하고, 너무 밝은 컬러의 염색은 어울리지 않는다. 연한 색의 립스틱보다는 진한 색의 립스틱을 발랐을 때 화사해 보인다.

내게 어울리는 차림새를 알게 된 건 '나에 대한 관심'이 있었기 때문이다. 스스로 차림새를 관찰하기도 하고, 지인들에게 좀 더 어울리는 스타일을 물어보기도 했다. 이런 노력을 하다 보면 어느 순간 자기 자신에게 어울리는 차림새를 찾게 된다.

단, 한 가지 고려해야 할 것은 '상황에 맞는' 차림새여야 한다는 것이다. 핫팬츠처럼 짧은 기장이 잘 어울린다 해도 격식을 갖춰야 하는 스피치에서는 삼가야 한다. 너무 화려한 메이크업도 피해야 한다. 차림새는 나에게 잘 어울리되, 반드시 상황을 고려해야 한다는 점을 기억하자.

2.
눈빛으로 청중을
몰입시켜라

청중의 눈치를 보지 마라

"강사님, 저는 발표할 때 사람들과 눈을 맞추는 게 힘들어요. 피곤해 보이는 얼굴로 저를 바라보면 발표를 빨리 끝내야 할 것 같고요. 하품하거나 시계를 보면 '내 발표가 별로인가?'라는 생각이 들어요. 사람들을 보면 더 긴장하게 되니까, 눈을 맞추는 게 어려워요."

발표 수업에 참여한 30대 여성 수강생은 청중을 바라보는 것이 유난히 힘들다고 말했다. 평상시 대화할 때는 상대방과 눈을 맞추는 게 어렵지 않지만, 발표는 다르다고 했다.

나는 그녀의 고민을 충분히 공감할 수 있었다. 초보 강사 시절, 수강생 중 한 명이라도 표정이 좋지 않으면 괜히 신경이 쓰여 속으로 안절부절못했던 적이 많았기 때문이다. 하지만 지금은 수강생들의 반응에 좌지우지되지 않는다. 대체로 그들의 반응은 나와 상관이 없다는 걸, 경험을 통해 깨달았기 때문이다.

한번은 스피치 수업에 매주 열심히 참여했던 수강생이 그날따라 피곤한 표정으로 집중하지 못한 채 연신 하품을 했다. 나는 쉬는 시간에 그 수강생에게 다가가 "오늘 수업 내용 중 이해 안 되거나 어려운 부분, 있어요?"라고 말을 건넸다. 수강생은 밝게 웃으면서 "아니에요, 강사님. 어제 늦게까지 회식이 있었거든요. 늦게 잤더니 피곤해서 집중을 못 했어요. 죄송해요."라며 오히려 미안해했다.

대학교에서 스피치 특강을 했을 때도 비슷한 경험이 있다. 당시 스피치 특강은 오후 4시에 시작됐다. 학과 수업이 끝나고 참여한 학생 몇몇은 이미 지쳐 보였다. 그래서 특강 내용이 잘 전달될 수 있도록 더욱 신경 써서 진행했다. 다행히도 특강이 시작되면서 다수의 학생이 눈을 반짝이며 내 말에 집중했다. 그러나 앞쪽에 앉은 한 여학생은 여전히 뚱한 표정이었다. 자꾸 눈길이 갔지만 집중하고 있는 다른 학생들을 위해 신경 쓰지 않으려 노력했다. 그런데 질의응답 시간이 되자 신경 쓰였던 그 학생이 환한 표정으로 가장 먼저 질문을 했다. 특강이 끝나고 나선 감사하다는 말도 했다. 그때 또 한 번 깨달았다. 내가 그녀의 무표정을 뚱하다고 착각한 것이구나!

청중의 눈치를 보지 말자. 청중의 눈치를 보다 보면, 나도 모르게 움츠러들 수 있다. 위축된 발표자를 신뢰하는 청중은 없다. 발표자는 스피치를 이끌어 가는 사람이다. 발표자가 청중의 반응에 휘둘리면, 스피치는 난항을 겪게 된다. 발표 준비를 잘했다면, 청중의 반응에 민감해지지 말자. 청중의 눈치를 보는 대신 눈빛으로 청중을 몰입시키자.

어떻게 청중을 봐야 할까

청중의 눈치를 보지 않는 것이 발표자에게 이롭다. 그럼에도 자꾸 청중의 표정이 신경 쓰인다면, 먼저 미소를 짓자. 발표자가 먼저 미소를 보이면 따라 웃는 청중이 생긴다. 내가 자주 사용하는 방법이기도 하다.

나는 강의를 시작하기 전, 생글생글 미소를 지으며 인사한다. 그러면 나를 따라 미소 짓는 수강생들을 볼 수 있다. 물론 표정의 변화가 없는 수강생도 있다. 하지만 같이 웃어 주는 수강생들 덕분에 한결 우호적인 분위기에서 말할 수 있다.

또 다른 방법은 발표 초반에 나에게 호의적인 청중을 빨리 찾아내는 것이다. 스피치가 시작되면 적극적으로 호응해 주는 청중을 한 명쯤 발견할 수 있다. 발표자에게 용기를 주는 굉장히 고마운 청중이다. 그런 청중을 얼른 찾아야 한다. 긴장감이 너무 클 때는 그 청중을 중심으로 시선을 두며 말하다가(그렇다고 그 청중만 봐선 안 된다) 차츰 범위를 넓혀 가는 것도 방법이다. 발표자에게 호의적인 청중을 발견한 건, 긴장감을 누그러뜨려 줄 수 있는 든든한 지원군을 얻은 것과 같다.

청중과의 눈 맞춤은 능동적으로 해야 한다. 모든 청중과 눈을 마주치겠다는 생각으로 시선을 옮기는 게 좋다. 시선을 이동할 때는 몸도 같이 움직여야 한다. 눈동자만 굴리거나, 몸은 고정한 채로 고개만 움직여선 안 된다. 보기에도 좋지 않을뿐더러 청중의 입장에서 발표자의 시선이 불편하게 느껴질 수 있다. 시선의 방향과 가슴의 방향이 일치하도록 움직이자. 발도 움직이는 게 좋다. 그래야 직접 마주 대하는 느낌으로 청중을 볼 수 있다.

또한, 청중과 눈을 맞췄다면 2초 정도 유지하자. 발표자가 빠르게 시선을 이동하면 몹시 바빠 보인다. 정신을 흐트러뜨리기 때문에 청중은 발표자에게 집중하기 힘들다. 차라리 느긋하게 시선을 옮기는 게 낫다. 그렇다고 한 청중을 뚫어지게 오랫동안 쳐다보지는 말자. 부담스러울 수 있다. 청중과 눈을 맞추고 2초 정도 머무른 후, 자연스럽게 시선을 이동하면 된다.

눈 맞춤은 청중의 수에 따라 달라진다. 10명 내외의 청중을 바라볼 때는 한 사람, 한 사람과 눈을 마주치는 게 좋다. 소규모이기 때문에 되도록 모든 청중과 시선을 교환해야 한다.

청중의 수가 많다면, 무리 단위로 나눠 시선을 던진다. 시선을 이동하는 데 순서가 정해져 있지 않다. 자연스러우면 그만이다. 단, 한쪽으로 치우쳐져서는 안 된다. 모든 무리에 고루 시선을 보내야 청중 전체와 눈 맞춤을 한 효과를 얻을 수 있다. 특히 사각지대에 있는 청중이 소외되지 않도록 주의하자.

발표자는 청중에게 다정한 눈빛을 선사해야 한다. 청중은 그들의 소중한 시간을 내서 발표자의 스피치를 듣고 있는 고마운 사람들이다. 흐리멍덩한 눈빛, 전투적인 눈빛은 피하자.

우리가 좋아하는 사람과 대화할 때를 생각해 보자. 웃음이 나고 눈빛에선 포근함이 느껴진다. 반면 싫은 사람과 억지로 대화할 때는 눈길조차 주지 않고 말한다. 눈빛만 봐도 상대에게 호의적인지, 적대적인지 쉽게 알 수 있다.

청중으로부터 호감을 얻고 싶다면 다정한 눈빛을 장착하자. 미소를 머금고 청중을 바라본다면, 눈빛은 저절로 따스해진다.

3.
표정으로
분위기를 바꾸자

강의하는 날이면, 아침마다 거울을 보며 환하게 미소를 짓는다. 양치를 한 후 윗니가 훤히 보이도록 입꼬리를 끌어 올린다. 나는 웃을 때와 무표정일 때의 온도 차가 크다는 말을 종종 듣는다. 웃는 표정일 때와 달리 무표정으로 있으면 차가워 보인다고들 한다. 그래서 강의하는 날에는 아침마다 미소 짓는 연습을 한다. 미소 띤 내 얼굴을 보고 있으면 괜히 기분이 좋아진다. 즐거운 일이 생길 것만 같다.

미소는 짓는 사람도 보는 사람도 기분 좋게 만든다. 그래서 발표할 때도 미소를 지으며 말하는 게 좋다. 발표자와 청중 모두에게 긍정적인 기분을 느끼게 해 주니 말이다. 단, 중대한 내용을 말할 때는 진지한 표정을 지을 수 있어야 한다. 기본 표정으로 미소를 짓되, 더 우선적으론 내용에 어울리는 표정을 지어야 한다.

　수강생들에게 발표를 시키면 다수가 무표정으로 말한다. 표정이 없으니, 발표가 밋밋하다. 40대 여성 수강생은 발표하는 중간중간 미간을 찌푸리며 말했다. 긴장해서 표정이 심각해진 것이다. 그녀는 모니터링을 통해 본인의 표정을 직접 확인한 후에야 자신이 말할 때 미간을 찌푸린다는 것을 알았다. 그동안에는 그런 버릇이 있는 줄 전혀 몰랐다고 했다.

　미간을 찌푸리면 인상이 거칠어진다. 무거운 이야기를 할 때는 그렇다 쳐도, 즐거운 이야기를 하면서 인상을 쓰면 괴리감이 느껴진다. 표정과 말이 일치하지 않기 때문이다.

　미간을 펴며 말하자. 방법은 간단하다. 미소를 지으며 말하는 것이다. 미소를 지으면 눈꼬리가 아래로 내려가면서 자연스레 미간도 펴진다. 만일 미간 주름이 깊이 잡혀 있거나 미간을 찌푸리는 버릇을 교정하는 게 힘들다면 보톡스를 맞는 것도 하나의 방법이 될 수 있다. 단, 보톡스 시술은 의사와 자세한 상담을 한 후 진행하는 게 안전하다.

　기분이 다운되거나 컨디션이 좋지 않다면, 미소 짓기는 어려운 과제가 된다. 우울, 힘듦, 피곤함 등 부정적인 감정은 감추려 해도 표정에서 드러나기 때문이다. 이럴 때는 나를 즐겁게 해 주는 대상을 떠올려 보자. 사진을 보는 것도 좋다.

나는 스트레스로 마음의 여유가 없을 때, 반려견을 떠올린다. 하얗고 조그마한 우리 강아지를 떠올리면 입가에 절로 미소가 지어진다. 나처럼 반려동물을 떠올려도 좋고, 사랑하는 가족, 애인을 생각하는 것도 좋다. 또는 스피치를 하기 전에 그들의 사진을 보는 것도 미소 짓기에 도움이 된다. 기분 전환을 위해 흥을 돋우는 음악을 듣는 것도 방법이다. 감정을 즐겁게 만들면 표정도 밝아진다.

'미소를 지으며 말하세요!' 간단한 방법이지만, 미소를 띠며 말하는 것은 쉽지 않다. 먼저 자신의 웃는 표정을 점검해 보자. 평소 잘 웃지 않아서 입꼬리를 올리는 게 어색하거나 한쪽 입꼬리만 올라가 비웃는 것처럼 보이는 등 미소가 부자연스러운 사람들이 있다.

우선, 카메라로 본인의 웃는 표정을 찍어 보자. 양쪽 입꼬리가 비슷하게 잘 올라가는지 확인해야 한다. 나는 오른쪽 입꼬리가 왼쪽 입꼬리보다 더 많이 올라간다. 그래서 왼쪽 입꼬리를 좀 더 올리려고 한다. 한쪽 입꼬리가 더 많이 올라간다면, 덜 올라가는 쪽의 입꼬리 근육을 강화

하려 노력하자. 양쪽 입꼬리가 비슷하게 올라가야 미소가 자연스럽다.

자연스러운 미소를 띤 발표자는 여유로워 보인다. 긴장하고 있다는 걸 청중에게 감추고 싶다면 자연스럽게 미소 지으며 말해 보자.

스피치 수업에선 수강생들에게 '광대 살(광대뼈에 붙어 있는 살)을 올리며 말하기'를 권한다. 광대뼈 위쪽 부근에 검지를 살에 닿지 않도록 위치시킨다. 0.5cm 정도 떨어트리면 된다. 그리고 나서 광대 살을 끌어올린다. 검지에 닿을 것이다. 그러면 자연스럽게 입꼬리도 올라간다. 이때 눈도 같이 웃어야 진정성이 느껴진다. 이 상태로 말하기 연습을 하는 것이다. 무표정으로 말하는 게 익숙한 수강생들은 '광대 살을 올리며 말하는 연습'을 했을 때, 얼굴이 뻐근하다고 한다. 생각보다 미소 지으며 말하는 게 힘들다고 하기도 한다.

대부분의 사람이 진지한 표정으로는 말을 잘한다. 하지만 미소 띠며 말하는 것은 어색해한다. 그래서 '미소 지으며 말하기'만 잘해도 전문적으로 보일 수 있다. 미소가 자연스러워질 때까지 의식적으로 연습해 보자.

4.
호흡으로
속도를 조절하자

평소와는 달리 발표만 하면 말이 점점 빨라지는 사람들이 있다. 문장 끝으로 갈수록 목소리가 작아지기도 한다. 긴장해서 호흡이 가빠졌기 때문이다. 이런 경우에는 숨을 마셔야 한다.

드라마나 영화를 보면, 흥분한 상태의 연기자가 숨을 깊이 들이마시는 장면이 종종 나온다. 숨을 마시면서 격양된 감정을 진정시키려는 모습이다. 이와 유사하게 긴장해서 말이 빨라질 때도 호흡을 해야 한다.

말이 빨라지는 건 소리의 원료인 호흡이 부족할 때 생기는 현상이다. 목소리가 작아지는 것도 매한가지다. 이때는 소리의 원료를 채우는 것이 우선이다. 말을 잠깐 멈추고 호흡을 하자. 긴장을 다스린 후 차분하게 말해 보자. 잠시 정적이 흐른다고 청중의 반응을 걱정할 필요 없다.

일시적인 침묵이 있더라도 발표자가 안정적인 속도로 말할 때 비로소 청중은 제대로 내용을 받아들일 수 있다.

나는 노트북에 '말 속도 늦추기! 흥분하지 않기!'라고 적힌 포스트잇을 붙여 놨다. 열성적으로 강의를 하다 보면 말이 빨라질 때가 있기 때문이다. 특히 시간적 압박을 받을 때면 마음이 조급해져서 말이 빨라진다. 그래서 강의를 시작하기 전, 포스트잇에 적힌 문구를 보며, 말이 빨라지는 것을 미연에 방지하려고 노력한다. 이렇게 눈에 잘 띄는 곳에 문구를 적어 두면 말이 빨라지는 것을 효과적으로 예방할 수 있다.

원고를 들고 발표하는 상황이라면 원고 앞면에 문구를 적어 놔도 좋다. 발표하기 직전 적어 둔 문구를 보면, 염두에 두고 말의 속도를 조절할 수 있기 때문이다.

평상시에도 말이 빠른 사람들이 있다. 이런 사람들은 성급해 보일 뿐 아니라 가벼운 인상을 줄 수 있다. 발음도 부정확해 전달력이 떨어진다. 그런데 이들도 자신의 말 속도가 빠르다는 것을 알고는 있다. 하지만 천천히 말하려 해도 교정하는 게 쉽지 않다고 한다. 처음에는 의식해서 천천히 말하다가도 어느 순간 속사포 쏘듯 떠들게 된다고 한다.

나는 말이 빠른 수강생들에게 '낭독 훈련'부터 시킨다. 먼저 낭독할 원고에 /(슬래시)와 ∨(포즈)를 표시하게 한다. 보통 말이 빠른 사람들은 쉬지 않고 말하는 특징이 있다. 그래서 원고에 /(슬래시)와 ∨(포즈)를 넣어 계획적으로 쉬게 만든다. /(슬래시)에서는 숨을 마시고, ∨(포즈)에서는 말을 잠시 멈춘다.(슬래시와 포즈에 대한 자세한 설명은 '챕터 1-4'에서 확인할 수 있다) 이렇게 의식해서 쉬는 연습을 하다 보면 효율적으로 말의 속도를 늦출 수 있다. 말은 형체가 없기 때문에 먼저 원고로 연습하는 것이다.

또한, 낭독할 때는 정확하게 발음해야 한다. 턱을 벌리거나 입술을 모으는 등 입을 활발하게 움직여 보자. 또박또박 천천히 말하고 있는 자신을 발견할 것이다.

5.
중요한 키워드는
잘 들려야 한다

나는 강의하는 것만큼이나 강의, 강연 듣기를 즐긴다. 알지 못했던 것을 배워 나가는 과정이 즐겁기 때문이다. 특히 장소나 시간에 구애받지 않는 온라인 강의를 자주 듣는 편이다. 운동, 요리, 재테크, 퍼스널브랜딩, 글쓰기 등 다양한 분야를 온라인으로 간편하게 배울 수 있어 애용한다.

온라인 강의를 듣다 보면 강사의 스피치에 따라 나의 집중도가 달라짐을 확연히 느낄 수 있다. 아무리 커리큘럼이 좋아도 강사의 말이 잘 들리지 않고, 강의가 지루하게만 느껴지면 다른 강의로 바꿔 듣는다. 미리보기로 강사의 스피치를 듣고 선택하기도 한다. 자꾸만 집중력이 흐트러지기 때문이다. 반면 어떤 강의는 강사의 말이 잘 들리고, 이해도 잘돼서 몰입된다. 이런 강의는 반복해 들어도 지루하지 않다.

온라인 강의뿐 아니라 TV에서 방송하는 강연 프로그램, 상담 프로그램도 즐겨 보는 편이다. 스타 강사, 유명한 상담사의 스피치를 들어 보면, 왜 그들의 말에 시청자들이 몰입하는지 알 수 있다.

청중을 몰입시키는 사람들의 스피치는 핵심 단어가 잘 들린다. 듣는 이의 귀에 쏙쏙 박히도록 중요한 부분을 강조하기 때문이다. 비슷한 내용이라도 핵심 단어가 얼마나 잘 들리느냐에 따라서 스피치에 대한 평이 달라질 수 있다.

똑 부러지게 말하기 위해서는 핵심 단어를 강조해야 한다. 방법은 간단하다. 성량을 키우거나, 속도를 늦추고, 잠시 멈추면 된다. 이 세 가지 강조법을 한 가지씩 연습해 보자.

크게 소리 내며 강조하기

첫 번째 강조법은 강조하려는 부분을 강하고 크게 소리 내는 방법이다. 일정한 크기로 말하다 갑자기 소리를 크게 내면 사람들의 시선을 끌 수 있다. 이와 같이 핵심 단어나 문장을 강하고 크게 소리 내서 청중을 집중시키는 방법이다.

강하고 큰 소리를 낼 때 목에 힘을 줘서 소리가 위로 찌르듯이 나오는 사람들이 있다. 이런 소리는 불안정하게 들려 듣기 불편하다. 목이 아닌 배의 힘을 이용해 소리 내야 한다. '챕터 1(발성법)'에서 연습한 것처럼 큰 소리로 말할 때는 배가 등 쪽으로 더욱 들어가야 한다. 또한, 강조하고자 하는 부분의 첫음절은 낮은음으로 시작해야 듣기 좋다.

[연습하기]

▶ 밑줄 친 부분을 강하고 크게 소리 내며 강조해 보자.

1. 새로운 도전이 두렵더라도 <u>용기 내세요.</u>

2. 서울에 <u>꽤 많은</u> 눈이 내렸습니다.

3. 열띤 토론 끝에 우리 팀에 <u>우승했습니다.</u>

4. 대한민국 <u>최고의</u> 축제가 지금 <u>시작됩니다.</u>

잠시 멈추며 강조하기

두 번째 강조법은 강조하고자 하는 부분 앞에서 잠시 말을 멈추는 방법이다. 포즈 강조라고도 한다. '챕터 1-4'에서 문장을 의미 덩어리로 나눌 때 ∨(포즈)를 사용했다. 포즈의 또 다른 역할은 강조하는 것이다. 핵심 단어나 문장 앞에서 말을 잠깐 멈춤으로써 강조해 주는 역할을 한다.

포즈 강조를 적용하면 말투가 부자연스러워지는 사람들이 있다. 억양에 주의해야 한다. 포즈 강조를 할 때는 포즈 앞에 있는 글자의 음을 살짝 올려 말하는 것이 좋다. 그래야 뒤에 오는 글자와의 연결이 자연스럽게 들린다. 그리고 포즈 뒤에 오는 글자, 즉 강조하려는 부분의 첫 글자는 낮은음으로 시작해야 한다.

나는 포즈를 넣어 강조할 때, 강조하려는 부분을 좀 더 크게 소리 내는 편이다. 그러면 그 부분이 훨씬 더 잘 들린다. 이렇게 핵심 단어나 문장이 잘 들리도록 두 가지 이상의 강조법을 같이 사용할 수 있다.

속도를 늦추며 강조하기

세 번째 강조법은 강조하려는 부분을 천천히 말하는 방법이다. 내가 강의할 때 자주 사용하는 강조법이기도 하다. 포즈 강조와 같이 사용하면, 중요한 부분을 더욱 효과적으로 강조할 수 있다. 강조하려는 단어나 문장 앞에서 잠시 말을 멈춘 후, 천천히 말하는 것이다. 그러면 그 부분이 굉장히 잘 들린다.

속도를 늦추며 강조할 때 말이 늘어지는 사람들도 있다. 말이 늘어지는 것과 천천히 말하며 강조하는 것은 다르다. 감이 안 잡힌다면, 강조하려는 부분의 첫 글자를 살짝 밀듯이 소리 내 보자. 첫음절의 모음을 좀 더 길게 소리 내면 속도를 자연스럽게 늦출 수 있다.

속도를 늦추며 강조할 때는 또박또박 발음해야 한다. 천천히 말하는데 발음이 좋지 않으면 어눌해 보인다. 입을 열심히 움직이며 표준 발음으로 또박또박 말해 보자.

[연습하기]

▶ 밑줄 친 부분을 천천히 말하며 강조해 보자.

1. 멀리 있는 청중까지 들을 수 있도록 큰 소리로 말하세요.

2. 오늘 자외선 지수가 매우 높으니 주의해야 합니다.

3. 2024년 스피치 수업에 참여한 수강생은 2020년에 비해 2배 증가했습니다.

4. 오늘 낮 기온은 서울 32도, 강원 31도, 부산 35도로 매우 덥겠습니다.

세 가지 강조법을 적용해 다음 문장을 소리 내 읽어 보자.

[연습하기 1]

1. 좋은 목소리는 <u>듣기 편한 목소리입니다.</u>
   (큰 소리로 말하기)

2. 좋은 목소리는 <u>말하기 편한 목소리입니다.</u>
   (천천히 말하기)

3. 좋은 목소리를 갖기 위해 V <u>호흡 훈련을 합니다.</u>
   (잠시 멈추기)

4. 좋은 목소리를 갖기 위해 <u>발성 훈련을 합니다.</u>
   (천천히 말하기)

5. 좋은 목소리를 갖기 위해 V <u>발음 훈련을 합니다.</u>
   (잠시 멈추기)

6. 저는 <u>좋은 목소리를 가질 것입니다.</u>
   (큰 소리로 말하기)

[연습하기 2]

오늘은 <u>세 가지 강조법을</u> 알아보겠습니다.
　　　　(큰 소리로 천천히 말하기)

첫 번째 강조법은 소리를 <u>크게 내며</u> 말하는 겁니다.
　　　　　　　　　　(큰 소리로 말하기)

두 번째는 V <u>속도를 늦춰 말하는</u> 강조법이고요.
　　　　(잠시 멈춘 후 천천히 말하기)

마지막은 강조하려는 부분 앞에서 V <u>잠시 멈춰 말하는</u> 강조
법입니다.　　　　　　　　(잠시 멈춘 후 천천히 말하기)

강조법을 적용해 말하면, <u>핵심 메시지를</u> 잘 전달할 수 있습니다.
　　　　(큰 소리로 천천히 말하기)

Chapter 4

일상 속
말하기 연습

지금까지 우리는 '떨지 않고 똑 부러지게 말할 수 있는' 다양한 스피치 기법들에 대해 알아봤다. 그런데 중요한 건, 책을 통해 알게 된 스피치 기법들을 머리로 이해하는 데에 그쳐선 절대 말하기 실력이 늘지 않는다는 것이다. 직접 해 봐야 한다. 스피치는 몸으로 익힐 때 온전히 내 것이 되기 때문이다. 그러기 위해선 일상에서 '스피치 경험'을 많이 만들수록 좋다.

발표를 해야 할 상황이 온다면 두려워하지 말고 일단 해 보자. 여태껏 연습한 스피치 기법들을 실전에 적용해 볼 수 있는 절호의 기회다. 그러니 자신을 믿고 맞닥뜨리자.

만약 일상에서 스피치를 할 수 있는 기회가 거의 없다면, 다음 네 가지 방법을 참고하자. 말하기 실력을 늘리기 위해 내가 실행했던 방법이고, 수강생들을 지도할 때 실

제로 사용했던 방법이기도 하다. 네 가지 방법 중 한 가지
만이라도 행해 보자. 기회는 만들면 된다.

1.
독서 모임에
참여하자

독서 모임에 나가면 사람들과 읽은 책의 내용을 공유하고 의견을 나눌 수 있다. 평소 책과 거리가 있는 사람이라면 책을 읽어야 한다는 부담감이 있을 수 있지만, 스피치 연습을 할 수 있는 꽤 괜찮은 자리다.

독서 모임은 크게 지정 독서 모임과 자유 독서 모임, 두 가지로 분류된다. 나는 자유 독서 모임을 선호한다. 읽고 싶은 책이 분명하기 때문이다. 딱히 읽고 싶은 책이 없거나 어떤 책을 읽어야 할지 선택하기 어렵다면 지정 독서 모임에 참여하면 된다.

요즘은 유료 독서 모임뿐 아니라 소모임 앱 등을 통해 무료로 진행되는 독서 모임까지 쉽게 찾을 수 있다. 단, '스피치 연습'을 고려한다면, 참여자가 8명이 넘지 않는 독서 모임에 나갈 것을 권한다. 말할 기회를 충분히 얻기 위해서다.

독서 모임마다 진행 방식이 약간씩 다르지만, 자기소개는 빠지지 않는 절차다. 같은 독서 모임에 여러 번 나가더라도 새로운 참여자가 들어오거나 구성원이 바뀌는 경우가 허다하기 때문이다. 그래서 책에 대한 이야기를 나누기 전, 참여자들이 돌아가며 자기소개를 한다.

그렇다면 독서 모임에서 자기소개는 어떻게 해야 할까? 모임에 나가 자기소개를 할 때는 다음 두 가지를 기억하자.

먼저, 모임의 특성에 맞는 이야기를 해야 한다. 그래야 모임원들과 공감대를 형성할 수 있다. 골프 모임이라면 골프와 연관된 이야기를, 테니스 모임이라면 테니스와 관련된 이야기를, 재테크 모임이라면 재테크 이야기를 해야 한다. 독서 모임에서는 책과 관련된 이야기를 하면 된다.

그리고 가급적 1분 내외로 자기소개를 끝내야 한다. 말이 길어지면 듣는 사람의 입장에선 지루해질 수 있기 때문이다. 그렇다고 "안녕하세요, 반갑습니다. 저는 김지혭니다."와 같이 너무 간단한 자기소개를 하는 건 좋지 않다. 억지로 자기소개를 하는 것처럼 느껴진다.

모임에서 자기소개를 할 때는 왜 이 모임에 참여했는지, 참여 이유를 말해야 한다. 모임원들이 궁금해하는 부분이기 때문이다. 참여 이유를 말할 때도 "책을 많이 읽고 싶어서 참여했어요."라는 식으로 너무 간략하게 말하기보다 에피소드를 곁들여 말하는 것이 좋다. 내가 모임에서 자기소개를 할 때 사용하는 방법이기도 하다. 사람들은 이야기에 흥미를 느낀다. 그래서 짧은 스토리를 넣어 말하면 기억에 남는 자기소개를 할 수 있다.

참여한 이유를 말한 후에는 모임을 통해 어떤 것을 이루고 싶은지, 또는 모임이 어떤 방향으로 나아갔으면 좋을지를 말하면 된다. 쉽게 말해, 본인의 다짐이나 희망 사항을 덧붙여 마무리하면 된다.

[예시]

안녕하세요, 저는 김지혭니다. 스피치 강의를 하고 있고요.(자기소개를 할 때 '하는 일'을 간략하게 말해 달라고 하는 경우가 많다) 오늘 처음 모임에 참여했습니다.
(참여 이유) 제가 본격적으로 책을 읽기 시작한 건 2년 전인데요. 그전까진 책을 잘 읽지 않았거든요. 교과서만 열심히 봤어요. 그런데 2년 전에 제가 정말 고민했던 일이 있었는데요. 우연히 책을 읽다가 그 고민을 해결할 방법을 찾은 거예요. 그

때부터 책을 읽는 게 즐거워졌어요. 책을 읽다 보면 유익한 정보도 얻을 수 있고, 그걸 생활 속에 적용하면서 성장해 나가는 것도 재밌더라고요. 책을 읽는 게 재밌어지니까 책과 좀 더 친해져야겠다고 생각했고요. 혼자 읽는 것보다 다른 사람들과 함께 책을 읽고 이야기를 나누면 얻을 수 있는 것이 더 많겠다고 생각했어요. 그래서 오늘 이 모임에 참여했습니다.
(희망 사항) 앞으로 책을 꾸준히 읽으면서 여러분과 같이 성장해 나갔으면 좋겠어요.
(마무리 인사) 오늘 뵙게 돼서 정말 반갑습니다.

독서 스피치도 모임원의 입장에서 생각해 보면 어렵지 않게 말할 수 있다. 모임원들이 어떤 것을 궁금해할지, 생각해 보는 것이다. 보통 '저 책을 왜 읽었을까?', '책은 어떤 내용일까?', '인상 깊었던 문구가 있을까?', '발언자는 책을 읽고 난 후 어떤 생각을 했을까?'라는 물음이 떠오른다. 이 질문에 대한 답을 순차적으로 말한다면 어렵지 않게 독서 스피치를 할 수 있다.

간혹 독서 스피치를 할 때 책 소개에 그치는 사람들이 있다. 저자가 누구이고, 책의 줄거리는 어떻다는 이야기만 한다. 그런 스피치를 들으면 나는 발언자에게 "그 책을 읽게 된 동기는 뭐예요?", "인상 깊은 구절은 어떤 거예요?", "그 책을 읽고 나선 어떤 생각을 하셨는지 궁금해요."라고 물어본다. 이런 질문을 하는 이유는 발언자의 생각이 몹시 궁금해서다.

독서 스피치를 할 때 책에 대한 정보와 함께 내 생각도 말해 보자. 책을 읽게 된 동기, 책을 읽고 난 후 깨달은 점이나 인상 깊었던 부분 등을 더해 말한다면, 흥미진진한 독서 스피치를 할 수 있다.

발언자의 이야기가 끝나면 질의응답 시간을 갖는 모임도 있다. 모임원들이 좀 더 알고 싶은 부분에 대해 질문하는 시간이다. 지정 독서 모임에서는 리더가 사전에 질문지를 준비하지만, 자유 독서 모임에선 발언자가 그 시간을 주도해야 하는 경우가 많다.

질문이 없을 때도 있다. 이때는 발언자가 모임원들과 의논해 볼 주제를 던지면 된다. 그러기 위해선 이야기 나누고 싶은 내용을 미리 간략하게 준비해 놓는 것이 좋다. 예를 들어, "이 책을 읽으면서 '행복'에 대해 곰곰이 생각해 볼 수 있었는데요. 요즘 나를 행복하게 만들어 주는 것이 무엇인지, 이야기 나눠 봐요." 식으로 주제를 던지는 것이다. 그러면 모임원들의 다양한 이야기까지 더해져 더욱 풍요한 독서 스피치 시간을 만들 수 있다.

2.
블로그를
활용하자

"강사님, 발표할 때 입말투와 요죠체를 사용하려고 해도 생각처럼 입에 잘 안 붙어요."

문어체와 다까체에 익숙한 수강생들은 발표할 때 입말투와 요죠체를 사용하는 게 어색하다고 한다. 비단 발표할 때뿐 아니라 발표 원고를 작성할 때도 '스피치를 위한 글'을 쓰는 게 어렵다고 말한다.

나는 이런 고민을 하는 수강생들에게 블로그를 활용해 보라고 제안한다. 블로그를 발표 원고라 생각하고 누군가에게 말하듯이 글을 쓰는 것이다. 어떤 글이든 상관없다. 일상을 기록하는 글, 제품 사용 후기, 도서 리뷰, 영화 리뷰 등 모두 소재가 될 수 있다. 내가 쓰고 싶은 글을 쓰자.

단, 내 글을 읽어 볼 사람들을 청중이라 생각하고, '스피치를 위한 글'을 작성해야 한다. 그러면 자연스럽게 입말투와 요죠체를 사용할 수 있다. 글을 쓴 후에는 소리 내 읽어 보자. 막힘없이 말하듯 읽혀야 한다.

[예시]

분홍색이 갖고 있는 의미는 치유, 안정, 행복, 섬세함이라고 합니다. 긍정적인 느낌을 주는 컬러인데요.
스피치 코칭이나 강의를 할 때 발표 불안을 겪는 수강생들을 많이 만나거든요. 그럴 때마다 수강생들이 떨지 않고 똑 부러지게 말할 수 있도록 도와주고 싶단 생각을 했습니다.
섬세한 코칭으로 안정적인 발표를 할 수 있게 도와준다!
분홍색이 가진 의미와 비슷하죠.

이 예시는 내가 블로그에 게시했던 글의 일부다. '지혜로운 스피치' 로고가 분홍색인 이유에 대해 작성한 글이다.

내 블로그의 글은 대체로 '사람들에게 말하고 있다'는 느낌을 준다. 문장 끝을 '-다'로만 끝내지 않았고, 입말투를 사용했기 때문이다. 문장도 간결하다.

이렇게 블로그에 '스피치를 위한 글'을 써 보는 것이다.

완벽하지 않아도 된다. 나도 게시했던 글을 다시 보면서, '이 문장은 좀 더 간략하게 쓸 수 있었는데.', '여긴 줄여서 표현할 수 있겠네.'라는 생각을 하곤 한다. 교정할 부분이 눈에 보이기 때문이다. 그래도 괜찮다. 게시한 글의 수가 늘어날수록 '스피치를 위한 글쓰기'에 능해질 것이다.

블로그에 '스피치를 위한 글'을 썼다면, 말하기 연습까지 해 보자. 작성한 글을 토대로 말하는 모습을 녹화하는 것이다. 녹화를 한 후에는 모니터링까지 해야 말하기 실력이 빨리 는다. 유튜브 쇼츠, 네이버 클립 등을 활용해도 좋다. 숏폼을 활용하면 1분 내로 요약해 말하기에 도움이 된다.

내 모습을 다른 사람들에게 노출하고 싶지 않다면, 녹화를 한 후 나만 볼 수 있는 폴더에 저장하자. 영상을 찍을 때마다 발전하는 모습을 확인하기 위해서다. 특히 맨 처음 찍은 영상은 갖고 있어야 한다. 그래야 어느 정도 연습을 한후, 처음 영상과 비교해 본인의 스피치가 얼마나 늘었는지 객관적으로 점검할 수 있다.

"저는 처음에는 의지를 다지고 열심히 연습하는데요. 꾸준히 연습하는 게 참 힘들어요." 간혹 혼자서는 연습을 지속하기 어렵다는 수강생도 있다. 이런 경우라면 강제성을 부여하는 환경을 만드는 것이 좋다. 예를 들면, 챌린지 앱을 이용하는 것이다.

나는 '챌린저스' 앱을 이용한다. 예치금을 걸어 둔 후 성공률에 따라 환급을 받는 챌린지 앱이다. '블로그 글쓰기' 챌린지에 참여하면 예치금을 걸고 주 3회, 2주 동안 블로그에 글을 쓰면서 인증을 해야 한다. 인증 정도에 따라 환급받을 수 있는 금액이 달라지기 때문에 예치금을 전부 환급받으려면 글을 쓸 수밖에 없다. 100% 성공 시에는 소정의 상금까지 받을 수 있다.

이렇게 글을 쓸 수밖에 없는 환경을 만들어 '스피치를 위한 글쓰기'에 감이 잡힐 때까지 연습하는 것이다. 환경이 만들어지면 혼자서도 꾸준히 연습할 수 있다.

3.

뉴스 기사로
연습하자

내가 목소리 변화를 체감한 건 대학교 4학년 때다. 대략 2개월, 방학 기간 목소리를 교정하기 위해 매주 3일 이상 1시간 30분~2시간 정도 종이 신문을 소리 내 읽었다. 정확한 발음으로 또박또박 말하기 위해 노력했다. 신문을 읽음과 동시에 내 목소리를 녹음해 들으며 아쉬운 부분은 반복 연습을 통해 교정해 나갔다.

종이 신문을 읽지 못한 날에는 인터넷 기사 하나를 낭독하거나, 거리의 간판을 소리 내지 않고 읽으면서 발음 연습을 했다.

섀도잉 연습도 병행했다. 아나운서의 말을 한 문장씩 듣고 최대한 비슷한 말투를 구사하려 노력했다. 저음으로 시작하는 목소리, 깔끔한 끝맺음, 장단음 조절, 표준 발음 등 뉴스 진행자의 목소리를 분석해 들은 다음 내가 뉴스 앵커가 됐다는 생각으로 연습했다. 부드럽고 따뜻한 말투를 연습할 때는 교양 프로그램 속 아나운서의 내레이션을 참고했다. 처음에는 한 개의 원고로 만족스러울 때까지 반복해 연습했지만, 감이 잡힌 뒤론 다양한 원고를 돌려가면서 연습했다.

섀도잉 연습을 할 때 중요한 점은 교본이 될 모델을 잘 정하는 것이다. 닮고 싶은 목소리, 구사하고 싶은 말투, 발음이 내 귀에 꽂히는 사람의 목소리를 교본으로 삼으면 된다. 섀도잉 연습은 시간이 오래 걸리긴 했지만, 투자한 만큼 톡톡히 효과를 봤던 방법이다.

연습 초반에는 발성을 제대로 하지 못해 목이 아프기도 하고, 잠기는 증상을 겪기도 했다. 하지만 연습을 계속하면서 목소리가 단단해지고, 분명해지는 것을 느꼈다. 어렵게만 느껴졌던 복식호흡 발성을 어느 순간 자연스럽게 하는 나를 발견했다. 그렇게 방학 기간을 오롯이 목소리에 투자했다.

4학년이 되니 전공 외에 다른 학과 수업을 들을 기회가 많았다. 나는 발표나 토론을 해야 하는 수업을 일부러 신청했다. 내 목소리의 달라짐을 직면한 건, 그런 수업에서 발표를 했을 때다. "아나운서 준비하죠?", "소리가 귀에 꽂

혀요.", "목소리가 좋아요." 발표를 하고 난 후, 다른 학과 학생들로부터 목소리에 대한 긍정적인 피드백을 직접적으로 받았다. 그전까진 이런 피드백을 받아 본 적이 없기에, 신기하기도 했다. 주변 사람들로부터 목소리에 대한 칭찬을 듣다 보니 자신감이 생기면서 스피치가 더욱 재밌어졌다.

이렇듯 나는 목소리 변화를 직접 체감했고, 그로 인해 이로운 것들이 많아짐을 깨달았다. 그래서 수강생들에게 더욱 연습을 강조한다. 2~3개월 투자로 '목소리'가 나의 '매력적인 무기'가 될 수 있다면 연습할 만하지 않은가.

만일 말하기에 도움이 되는 낭독을 하고 싶다면 뉴스 기사를 누군가에게 말하는 것처럼 읽는 게 좋다. 즉, 뉴스 기사를 읽을 때 입말투와 요죠체를 적용하는 것이다. 또, 한 문장이 너무 길다면 둘 이상의 문장으로 나눠 읽는다. 물론, 발성과 발음 연습에만 집중하고자 한다면 뉴스 기사를 그대로 낭독해도 좋다. 하지만 기사에 사용되는 말투는 대부분 글을 위한 표현이다. 그러니 말하기 연습을 고려한다면, 먼저 기사를 입말투와 요죠체로 바꾸고, 문장을 줄여 보자. 그리고 난 후 발성과 발음까지 신경 쓰며 소리 내 읽어 보자.

낭독 연습을 한 후에는 읽은 기사를 요약해 말해 보자. 기사에서 중요하게 언급하는 내용을 중심으로 간략하게 말하는 것이다. 뉴스 기사를 낭독하거나 요약해 말하기는 누구나 일상에서 쉽게 스피치 연습을 할 수 있는 하나의 방법이다.

4.

사진
묘사하기

사진 묘사하기는 표현력을 높이고 말하기 순발력을 기를 수 있는 연습 방법이다.

묘사 스피치를 연습할 때는 풍경이나 특정 장소를 배경으로 한 사진, 세 개 이상의 사물이 담겨 있는 사진을 택하는 것이 좋다. (이목구비를 확대해 찍은 셀카, 연예인 사진 등은 연습용으로 추천하지 않는다)

지금 핸드폰이나 컴퓨터에 저장된 적합한 사진을 찾아보자. 만약 사진을 찾기 어렵다면, 인터넷에 적당한 이미지를 검색해 보자. 또는 눈앞에 보이는 배경을 사진 찍어도 좋다.

사진이 준비됐다면 생생하게 묘사해 보자. 묘사는 듣는 이의 머릿속에 그림을 그려 주는 일이다. 내가 한 말을 듣고 청중은 그 이미지를 상상한다. 그렇기에 자세하고 정확하게 표현해야 한다.

그렇다면 어떻게 말해야 묘사를 잘할 수 있을까? 우선 두루뭉술한 표현은 지양해야 한다. 가령, 카페를 배경으로 한 사진을 묘사한다고 치자. 이때 "카페에 빈 의자가 조금 있습니다."라고 말한다면, 청중은 몇 개의 의자를 상상해야 할까. 어떤 사람은 1개를, 또 다른 사람은 3개의 의자를 생각할 수 있다. 사람마다 '조금'에 대한 잣대가 다르기 때문이다. 사진 속 이미지를 정확하게 묘사하기 위해선, 숫자로 말하는 게 좋다. "카페에 빈 의자가 2개 있습니다." 이 말을 들으면 누구든 머릿속에 2개의 의자를 그리게 된다.

묘사할 때뿐 아니라 상대에게 정보를 전달할 때도 마찬가지다. "참석한 인원이 매우 많습니다."라는 표현은 두루뭉술하다. 이를 "참석한 인원이 1,000여 명입니다."라고 말하면 더욱 정확하게 전달할 수 있다. 그러니 애매한 표현 대신 숫자를 활용해 말하는 연습을 하자.

묘사를 잘 할 수 있는 다음 방법은 비유를 들어 말하는 것이다. 비유는 무언가를 설명할 때 직접적으로 말하지 않고, 비슷한 특성을 가진 대상에 빗대어 표현하는 방식이다. 비유를 잘 사용하면 청중이 내 이야기를 받아들이고 공감하기 한결 쉬워진다.

'카페 창가 쪽에 놓인 화분은 몹시 작다.'라는 문장과 '카페 창가 쪽에 놓인 화분은 새끼손가락만 하다.'라는 문장을 비교해 보자. 두 번째 문장을 들었을 때, 화분의 크기가 바로 그려질 것이다.

크기뿐 아니라 색깔도 비유를 들어 말할 수 있다. 예를 들어, "사진 한가운데에는 99% 다크초콜릿처럼 진한 갈색 테이블이 있습니다."라고 말하면, 테이블이 얼마나 짙은 갈색인지 즉각 알 수 있다.

비유하기는 일상생활 속에서 상황을 설명할 때, 맛을 표현할 때, 감정을 이야기할 때 등 다양하게 쓰인다. 하지만 생각처럼 적용하는 게 쉽지 않다. 그러니 평소 사진 묘사하기로 노련해질 때까지 연습하길 바란다.

수강생들에게 사진을 묘사해 보라고 하면, 어디서부터 어떻게 말해야 할지 망설인다. 나는 가장 먼저 '전체 배경'을 간략하게 이야기하라고 한다. 카페 내부를 찍은 사진이라면, "카페 내부 사진인데요." 또는 "카페 안쪽을 찍은 사진입니다." 식으로 시작하는 것이다. 이렇게 전체 배경을 먼저 말해 주면, 듣는 이가 윤곽을 그리기 수월해진다.

배경을 이야기한 후에는 제일 눈에 띄는 것을 기점으로

말한다. 사진 한가운데에 있는 테이블이 눈에 띈다면 이걸 먼저 묘사하는 것이다. 그리고 테이블을 기점으로 시선을 이동하면서 말하면 된다. "테이블 뒤쪽 벽면에는 3개의 그림이 걸려 있습니다." 식으로 묘사할 대상을 바꾸는 것이다. 이는 내가 자주 사용하는 패턴이기도 하다.

물론 이 순서로만 묘사해야 하는 것은 아니다. 직접 연습하면서 효과적으로 묘사할 수 있는 나만의 패턴을 찾는 것도 좋다. 단, 어떤 것을 기점으로 정돈된 패턴으로 말해야 두서없이 어지러운 묘사하기와 멀어질 수 있다.

사진 묘사하기를 처음 연습할 때는 1분 정도 머릿속으로 말할 내용을 정리하자. 어떻게 묘사할지 생각한 후 스피치를 시작한다.

몇 번 연습해 봤다면 다음 사진부터는 즉흥적으로 묘사해 보자. 버벅대기도 하고, '음~, 어~, 저~'와 같은 습관어가 나오기도 할 것이다. 하지만 연습하다 보면 감이 잡히면서 버벅댐과 습관어가 현저히 줄어들 것이다. 그럼에도 반복적으로 습관어가 나온다면, 잠시 말을 멈추고 생각을 정리한 후 다시 말하면 된다. 이런 연습을 통해 순발력까지 키울 수 있다.

"강사님, 저 합격했어요!", "대회에서 수상했어요.", "낭독 봉사를 하게 됐어요.", "말할 때 목이 안 아파요.", "이제 어떻게 말해야 할지 조금 알 것 같아요." ….

스피치 수업에 참여했던 수강생들이 큰 성과부터 작은 변화까지 이야기할 때면 매우 흐뭇하다. 수강생들의 목소리에서 '스피치를 잘할 수 있다.'는 희망이 느껴지기 때문이다. 수강생들의 '긍정적인 변화'는 내가 스피치 강의를 10년간 할 수 있었던 원동력이지 않나 싶다.

수강생들을 도와주고 싶었던 마음으로 이 책을 썼다. 스피치에 대한 막연한 두려움을 갖고 있는 사람들에게 도움이 됐으면 한다.

스피치 강사로 활동하면서 발표 긴장감은 훈련으로 컨트롤할 수 있다는 생각이 확고해졌다. 물론 극도의 발표 불안은 심리적 치료가 필요하다. 그러나 다수의 수강생은 스피치를 배우고 연습하면서 긴장감을 이겨 냈다. "저는 내성적이라서요.", "저는 말주변이 없어서요.", "저는 소심한 편이에요." 이렇게 말했던 대부분의 수강생조차 달라졌다. 말은 연습하면 는다.

수업에 참여한 수강생들이 가끔 "저도 강사님처럼 똑 부러지게 말하고 싶어요."라는 말을 하곤 한다. 나도 처음부터 말을 잘했던 건 아니다. 스피치를 공부하고 직접 연습하고 또 강의를 하면서 스피치 실력이 는 것이다. 아직도 부족하다고 생각하는 부분은 계속 공부하고 연습하고 있다.

이 책을 끝까지 읽었다면 이제 몸을 움직이자. 연습해야 떨지 않고 똑 부러지게 말할 수 있다.

이 책의 내용은 발표뿐 아니라 다양한 말하기 상황(면접, 대화, 협상 등)에도 도움이 될 것이다. 스피치가 당신의 '매력적인 무기'가 되는 순간, 이룰 수 있는 것들이 많아짐을 기억하자. 그 순간까지 이 책이 함께하길 바란다.

"떨지 않고 똑 부러지게 말할 당신을 응원합니다!"

감사 글

집필을 마무리하며 감사함을 전하고 싶은 분들이 많습니다.
먼저 한결같이 옆에서 응원해 주고 지지해 주는 우리 가족, 고
맙습니다.
이 책이 출간되기를 기다리고 있다는 우리 수강생들과 소중
한 시간, 이 책과 함께해 주신 독자분들께도 감사한 마음을 전
합니다.
마지막으로 항상 저를 올바른 길로 인도해 주시고, 도와주시
는 주님! 진심으로 감사드립니다.